SHUICAO MAOSHENG DE
DIFANG

水草茂盛的地方

何立杰◎著

时代出版传媒股份有限公司
安徽文艺出版社

图书在版编目（ＣＩＰ）数据

水草茂盛的地方/何立杰著.—合肥：安徽文艺出版社,2023.7
ISBN 978-7-5396-7604-3

Ⅰ．①水… Ⅱ．①何… Ⅲ．①散文集－中国－当代 Ⅳ．①I267

中国版本图书馆 CIP 数据核字(2022)第 215074 号

出 版 人：姚　巍
责任编辑：王婧婧　　　　　　　装帧设计：张诚鑫

出版发行：安徽文艺出版社　　www.awpub.com
地　　址：合肥市翡翠路 1118 号　　邮政编码：230071
营 销 部：(0551)63533889
印　　制：合肥创新印务有限公司　(0551)64456946

开本：880×1230　1/32　印张：6　字数：140 千字
版次：2023 年 7 月第 1 版
印次：2023 年 7 月第 1 次印刷
定价：36.00 元

(如发现印装质量问题，影响阅读，请与出版社联系调换)
版权所有，侵权必究

目录

亲历·亲情

祖母 / 003

怀想母亲（二题）/ 009

漂泊的祖父 / 019

劳作，叔叔的主旋律 / 028

今夏，她做了母亲 / 032

老旧的时光 / 035

我与雷阳书院 / 041

1983，履历中深刻的烙印…… / 046

雪，总会停的…… / 055

花坛 / 060

不惑之年 / 071

知天命 / 074

水草茂盛的地方 / 079

书缘 / 083

投稿的乐趣 / 088

感触·感悟

　　回味孤独 / 097

　　旅行 / 100

　　秋月 / 103

　　桃红 / 107

　　纤夫之履 / 112

　　升华 / 115

　　一种感受 / 118

　　闲话煤油炉 / 120

　　冰窗花 / 124

　　乘凉 / 127

　　看电影 / 131

　　口琴 / 134

　　拥有 / 137

　　家中有兰 / 142

　　童心（三题）/ 145

　　黄昏情绪（二题）/ 148

　　雄健的鹰（三题）/ 150

　　海边偶得 / 154

　　游香茗山散记 / 159

　　秋到连塘城 / 164

　　市井中的麴公墓 / 170

　　鲍参军的精神血脉 / 176

　　水乡泽国 / 184

QINLI · QINQING
亲历·亲情

祖母

我是在祖母怀里睡大的，祖母的那些温馨若春意的童曲，一遍又一遍舔过我的乳名，一次又一次萦绕过我童年的梦。不管岁月怎样侵蚀，记忆中，祖母的慈颜，至今依旧清晰……

日子是艰难的。祖母用那双裹过的小脚在其间穿行，自然愈加艰难。早在青春正旺时，她就已"守寡"了，不安于山村生活的祖父撇下妻儿走出皖南山区，寻找他的"前途"去了。祖母只得拉扯着最大才十岁的四个孩子熬起日子来，以她那纤弱的身子，以她的那双小脚，以她那恪守封建妇道的思想和意志。她尝了多少苦涩，流了多少眼泪？委实已难言传！大姑在极度的贫寒中病逝了；叔叔的膝盖跌破了皮，因无钱及时治疗，竟溃烂了，进而残疾了，从此便以那深度拐瘸的步子展示一家人的悲哀。那么祖母呢？她又能怎样？除了让一头青丝渐白，让一脸雪肤熬出皱褶，又能怎样呢？能变卖的都已变卖，能设法的都已设法，而祖母仍只得面对窘境黯然神伤。想象不出祖母的筋骨为何那么坚韧，她居然擎住了那个家，没有让其坍塌，并且让尚存的三个孩子都有了文化。然而，待我叔叔完成了婚事，待我的父亲和小姑走出山沟都有了出息，祖母已呈现了老态：岁月的利刀在她的额头和眼角无情地刻上了深深的痕迹，如霜的头发也随着日子的流逝而渐渐飘落，不由得使人想起秋后的景象……

是啊，秋确已来临，生命的旺季已过，花期不会无限！然而，当新的生机在眼前展现的时候，辛劳半辈子的祖母，便又打定主意培植新的希望。于是，她响应我父亲的召唤，远离故土来到雷阳这座小城，向降生不久的我的大哥大姐，倾注她那份无法替代的爱。此后，她便无法再返回了，因为希望的种子一个接一个地萌芽——尽管她十分惦记相距遥远又身有残疾的我的叔叔。一颗心被分成了两半，只得于夜阑人静时用叹息甚或眼泪来黏合。

想象中，城里的日子该比乡村的日子殷实、舒坦一些。然而祖母在城里没过上几年安心的日子，她的心又被苦液浸泡了。父亲被打成了"右派分子"，母亲受牵连亦被下放农村。工资已不再发，每月那微薄的生活费只够他俩勉强度日。家庭在政治运动的波澜上颠簸摇晃。那时的祖母，因为涉世已深，经历了多种艰辛，已忘了用泪水洗刷悲伤。然而她竟又一次用那瘦削的肩膀扛住了几近坍塌的家！她无心也无力去辨明日子的去向，更无暇去品尝日子的滋味。她仗着一种与生俱来的深厚的爱和一种顽强的信念，以打零工的方式维持着一家人的生计：补一条破旧的麻袋，仅有两角钱的收入；剥一麻袋花生，也只有两元钱的进项；手指磨破了没来得及包扎，便又背着娃去建筑工地上削那些两面留有硬泥的拆屋的旧砖。没柴火了，背着背篓去扒一些干枯的树叶和败枝来。没菜吃了，执小铲去郊外挖一些地菜回来。我永远不会忘记那一年中秋，祖母将白米饭全盛给了我们，而她竟躲在厨房的门后食用粗劣的糠粑，被二姐发现后，她居然求二姐别声张，以免倒了大家的胃口。

　　日子缓缓地挨过，犹如祖母那蹒跚的步履。阴霾过去之后，春风悄然吹起，家的希望又在膏腴之地上复萌了。然而祖母确已老了，再不能自如地走动；牙已全部掉落，头发也所剩无几；至于皱褶，早已不知不觉刻在了脸上、手上，使人极易联想起久旱过后那龟裂的土地。夜半寂静的时分，那持续的沙哑的咳嗽声，时常将我从梦境中拉回，恍惚中，祖母那黯淡而衰老的身影便梦一般侵入脑海，使人不知怎样感怀才好。好在生活已有转机，父母重新走上了领导岗位，五个孩子也都有了各自的奔头。家境好转了，渐渐地有了高档电器和日用品，桌上菜肴也日渐丰富了。面对这一切，祖母那老态的笑容，在我们看来很是动人。更令人欣悦的是，祖母的精神生活也日渐丰富，收录机里飘出的戏曲使她微笑，电视荧屏上流动的画面也常逗得她开怀。她学会了使用电饭煲、电冰箱之类的电器，也能说一些城里人常说的词句。这一切，之于我们，不能不说是一种慰藉。

　　祖母已不再叹息。她显然比以前沉静多了。家务已无须她过多地操劳。闲暇时她每每就静坐于门口，专注地看门前的阳光和树木，似乎从中受了某种启示，神思每每飘扬，未知她在做何思做何想。不久，她便袒露了心思：她要回故土！语气竟那样坚决。尽管全家人从物质生活、精神生活、医疗条件等多方面以对比的方式劝慰她，但均无济于事——那些近乎唠叨的劝言，在她那"叶落归根"的思想面前，均显得苍白无力。于是我们都明白了，她觉得自己已将这一生基本走完，正在寻找归宿，寻找一种传统的归宿。

父亲艰难地做出了让祖母返回故土的决定。于是，在雷阳小城待了二十余年的祖母便离开了——才过上几年舒心的日子就匆匆地离开了。父亲带着我和二姐一路护送祖母返乡，临近故乡山村，当久违了的青山溪水映入她眼帘时，我看到一向沉静的祖母眼角挂上了泪滴，情绪明显激动起来。是呵，相别二十八载，又见了这梦中萦绕的故土山水，又将看到她日夜思念的瘸了腿又遭过灾的小儿子，她怎还能保持平静呢？她挣脱我们的搀扶，迈开她的那双小脚，疾疾地沿上坡的沙石小路而去，突然间脸色发青，晕倒在紧随着的父亲怀里，使我们每个人都惊吓不已。

祖母就这样返回了故土，给我们的家，也给我们内心拉开一大片空白，任何内容都无法填补。

一年之后，因思念之情难耐，我专程去老家看望了她。她呆坐在那老式的堂屋里，晦暗之中，神色益发显得颓靡。见我走进屋来，她那原本黯然的双目中立刻闪出熠熠的光彩。而后一张皮肉松弛的脸又像孩子似的笑着，仔细询问我们的情况，从父亲一直问到我。我问她这一年多过得可好，她嗫嚅着说：一切都好。

然而，悠长的叹息一直伴着她的言语。晚上，我单独和叔叔谈了心。叔叔说，她的确一切都好，尤其在吃、住、穿方面，却不知为何，总是叹息。"她对我们做事总看不惯，动不动就说'城里人可不像这样'，城里人怎样怎样，"叔叔忧郁地说，"比如炒菜，她就常唠叨，说我们炒菜盐放得太重，不像城里人……还有去下屋村看露天电影，她说城里人都在家看，爱看什么就看什么……"

叔叔的话，使我心情沉重。祖母为何在自己选择的归宿地上如此叹息？很显然，她仍深深怀念着相距遥远的那座小城；那里毕竟有她撂下的二十余载的日子，有她含辛茹苦带大的一班孩子，有她的至亲好友，有多年苦难之后的最幸福的记忆——经历过苦难的人，对苦难后之幸福的记忆犹深！这是历史造成的，我无力穷究其中深刻的蕴含，我只为祖母、为繁复的生活而慨叹。我问祖母是否愿意再回到那座小城去。她含含糊糊的，不知到底说了些什么。"……那怎么行呢？那……"她长长地叹息，浑浊的泪盈满眼帘。她一再留我多住几天，并一再地问我，下次什么时候还来，我说，明年这个时候我还会来，一定来。

离别的时候，夕阳正艳。祖母伫立于门前的那块平地上默默目送我下山，似一株枝叶凋零的老树，依着青山，依着那一轮血红的残阳。几绺银丝随风在夕照中飘动。我频繁地回首，望着夕照中祖母的姿态，望着那闪着光芒的银丝，不禁潸然泪下……

然而遗憾的是，我并没有履行在祖母面前许下的诺言——因工作繁忙和写作的困扰，我竟连续两年没有去看望祖母。待到祖母病重的电报打来,我才知自己犯了一个无法挽回的错误!父亲带着全家人匆匆地赶去了。然而待我们赶到,祖母已溘然长逝!叔叔说,祖母弥留之际,一再呼唤我们的乳名……

  祖母走了,永远地走了!我带着遗憾送别了她。

  每年清明时节,青烟携纸灰升腾的时候,我便会看见祖母在霞色中冲我微笑。我想象着她的阳光般温暖的笑颜,不知不觉就沉浸在回忆中……

1992 年 9 月

怀想母亲（二题）

母亲的光环

　　能够静下心来，写一点关于母亲的文字，竟然是在母亲病逝三年之后，这对于常写点文字的我，似乎不无遗憾。今夜，窗外的雨淅淅沥沥，独坐于台灯昏黄的光晕里，追寻过往日子里母亲的踪迹，我不禁感叹生命犹如秋叶般难以挽留，内心涌动起深沉的伤感。是啊，三年了，母亲的音容总在牵动我的思绪。恍惚中，仿佛又置身于她那灿然的光环之中……

　　母亲委实是平凡的，然而她一生都在执着地编织着她心目中的那道光环，这似乎又是她的不凡之处。在她的思想里，似乎只相信学识的力量和作用，她那种追求学业、崇尚学识的劲头和精神，给她五个孩子的思想都烙下了深深的印记。母亲是离休干部，她原只有高小文化，但凭着不懈的努力，最终获取了高级统计师的职称。临离休前，她还在积极自学，为提升学历做准备。

当然，更需要提及的，是她对待子女学业的态度。自我记事那天起，便强烈感受到母亲对子女教育的重视。即便在动乱年代，她也坚持把孩子的学习成绩作为衡量将来是否有出息的依据。印象最深的，还是高考制度恢复那年。当时，我的两个下放插队的姐姐回城了，母亲不是像某些家长那样忙着为她们寻找工作，而是在本已十分拥挤的屋子里增添两张学习桌。几个孩子同时求学，母亲又动了手术，家庭经济陡然面临很大压力。母亲一方面尽其所能地为儿女们寻找、购买学习资料，帮助联系辅导教师，一方面利用晚上时间为粮站制品厂剥花生挣些手工钱以补贴家用。对于母亲的辛劳，我们常表达一些愧意，她却坚定地说："只要你们考上大学，我喝稀饭都乐意！"这话也许很朴素，却正是在这句话的鞭策下，我们才相继考取了大中专学校，为旁人所羡慕。但母亲对此并不满意，对子女未能考上全国重点大学，她颇感失望。每次看过高考成绩，总是低着头回家来，那失意惆怅的神态，叫人惭愧，令人难忘。

　　社会的变革是迅猛的。商潮滚滚而来，人们渐渐变得务实，价值观迅速向物质一方倾斜。在这样的氛围里，母亲的光环仍未改变其色彩和亮度。尽管已没有子女参加高考，但她对高考的关注程度仍不减当年；特别是每当听说某某人家的孩子考上了重点大学或研究生，她总是毫不隐讳地表达她的敬慕。而当别人议论起谁谁做生意发了财，她则无丝毫兴趣。当时身为教师的我一度也想弃教"下海",母亲放下脸来,狠狠地批评了我。之后,我改行从事行政工作,母亲仍劝我设法求学提高学历,否则仕途也不会有多好的前景;她反复劝我趁年轻再吃点苦,尝试考研究生,并且为我积极搜集有关信息,甚至直接为我准备材料。同时,对哥哥姐姐们一切提升学业层次的举动,她也表现出极大的热情,倾全力鼓励支持。现在想来,在这个价值取向多元化的年代,母亲的这种坚持是多么难能可贵;她的这种坚持不仅是一贯的,而且是全方位的。譬如,在子女择偶问题上,她要求看重对方的学识、学历,而不要以门户和贫富作为条件;对待我们的下一代,则无论男孩女孩,她都把握同一尺度,极力为他们接受更好的教育而奔忙,表现出比我们更强的责任感。

诚然,母亲为编织她的光环,无暇为自己的生活做些起码的努力,一生饮食简单、穿着朴素。她心目中的光环,是以她生命的乳汁为能量的,难怪其光彩总那般熠熠!正是在这光彩的映照下,我才在世俗的生活里,始终未放弃我以为是崇高的原则,更没有以媚俗之举取代求知的努力。

母亲的光环,在我的心目中,将永远是一盏明灯,照着我前方的路途。

难忘的探望

母亲有点疲惫地坐在靠窗的那把旧木椅上,一只手托着腮帮,手肘撑在摆满作业本的条桌上,眼虚闭着,像在养神,又似乎在默念什么心事。见我下课回来,她抬起头睁开眼,脸上的倦容仍在。

母亲这是第二次只身来这里看我,一个年过半百且身体孱弱的女人,拎着行李走了四五里不平坦的路,疲倦是可想而知的。

"下午还有课吗?"母亲含蓄地笑道,现出一脸的慈祥。

"我跟别的老师调换了,没课了。"我说着,给她的茶杯里加了水,然后坐到床上。

"你也喝口水吧,上课挺累的。"母亲指了指桌上的茶杯,"茶泡好了的。"

"好的。"我颔首道,然后有点痴愣地望着母亲。我感到她似乎比先前又苍老了些,眼边的鱼尾纹多了,脸上的肤色也深了,眼神之中,似乎带了某种忧虑,显得游移不定;透窗而来的光线打在她的半边脸上,使她那略显浮肿的脸面一半清晰一半晦暗,像一幅深沉的版画。

"妈,近来身体还好吗?"我关心地问。

"唔,不是很好,去年做了个手术,把子宫拿掉了,说是长了子宫肌瘤,不拿掉有癌变的可能。"母亲轻缓地说。

"可惜,我未能在您身边⋯⋯"我有点自责地说。

"你在外工作,没办法的。"母亲淡然道。

"最近呢,还好吗?"我又问。

"最近也不好,胆结石严重,天天吃'胆通'药;前不久又查出有高血压,很严重,要天天吃药才行。"母亲苦笑着说,"难怪晚上总睡不好,老想你这边的事,这不,忍不住又过来了⋯⋯"

我有点惭愧地低下头。我能感受到母亲内心对我的那种牵挂之情。母亲这一生，把全部的心思和精力都用在了孩子们身上，她的头脑里无时无刻不在念着孩子们的生存境况，思量孩子们未来怎么发展。此刻，我不由得想起前年我放暑假回家后，她请假带我赴安庆市立医院看病，做气钡双重造影检查肠道的情景。那是个炎热的三伏天，她身为粮站负责人工作很忙，却为了我请了好几天假。我们住在一个小旅馆里，她帮我做着检查前的各种准备，时常热得浑身透湿。我还联想起，当年我的两个姐姐作为知青去农村插队，她经常冒险搭乘运粮便车，带生活用品去看望她们，还自己动手为她们制作一些插秧时防蚂蟥的"布靴子"。这样的例子实在太多。现在，儿女们都成人工作了，她也年纪大了，身体却变得虚弱了，出现了很多毛病。而我作为儿子，不仅不能给予她任何关照，反倒让她时时牵挂我，为我的工作和生活操心，我怎么能不深感愧疚呢！

是呵，儿行千里母担忧，现在有了亲身体验才真切理解此言的含义。我离开故土来异乡从教不过三年，母亲就独自前来看过我两次。第一次她来这儿的情形现在我还记得清晰。那是一年多以前的一个初夏，母亲背着个包，手上还拎着一个大网兜，有点突然地出现在我房门前。我颇感惊讶地接她进屋，我看到，因为拎着行李走了很多路，母亲脸上挂着汗珠，背部衣裳也湿了一片。她给我带来了一个质量很好的煤油炉，还有奶粉等食品。她在这里住了一晚，还为我洗了衣裳。而给我留下深刻印象的，还是晚上的谈话。

"到外乡来工作是你主动要求的吧?"母亲坐在离白炽灯较远处,脸上的神色有点朦胧,"你那隔壁县的同学都分到我们县来教书了……"

母亲说得没错,看来她认真思考过这事。我没吱声,实际也就是默认了。

"都是教书育人么,为什么一定要远离家乡到这里来?"母亲有点不解,"在家好歹相互都有个照料;这里呢,你一个外地人,孤零零的,又是在条件这么差的地方,叫人怎么不牵挂!……"母亲将后面的话咽了回去,好像是怕伤了我的自尊。

"我只是,不想,总生活在父母撑起的荫庇里……"我嗫嚅着,不知如何诠释我的心态。

"可是,为什么不事先跟我们说说呢?"母亲放低了声调,好像没什么底气似的,"你们这些孩子,在做出这么重要决定的时候,总想不起来考虑一下父母的感受,一点都想不起来……"

母亲此话虽是轻声说出的,但我听来却觉得此言很重。的确,母亲说得没错,总是父母事事考虑并十分在意子女的感受,而子女行事却每每忽略了父母的感受以及对父母可能造成的影响。然而,这样的忽略,带给父母的是怎样的记挂甚至伤怀呢?我想起几年前的寒假期间,我在家乡县城看到一个六十来岁精神异常的妇人,天天站在大街一侧的某个地方独自胡言乱语,旁若无人,不管日晒雨淋,每天如此,而看其穿戴却像个有单位的工作人员。据说她有两个非常有出息的孩子,一个在美国,一个在加拿大。我想，这个妇人和她的两个儿子之间有着怎样互相牵挂的故事呢？……

那天晚上，母亲如风一般的轻声细语，却像刀痕一样刻在了我的记忆里。

这一次，母亲来得还是这么突然，她上午十点多钟陡然出现在我房门前，还是一手拎包，一手抓着网兜。这回，她给我带来了十多帖中草药，说是专门请安庆老中医给开的，治慢性结肠炎疗效好。

现在，母亲又和我面对面坐着。我自然又想到了上一次她在这间房里和我交谈的情形。但这一次，我真切地感到，她虚弱了不少。她的有点浑浊的眼神里，分明含有某种企求。她没再谈自己的身体，而是将话题转到她此行的主要目的上来。

"小五子，"她喊着我的乳名，让我好像回到了孩提时代，"你今后打算怎么办？——在这过一辈子，还是考虑回去？"

"我也不知道，"我有点含糊地说，"我问过这里的文教局，跨地区调动很难。"

"再难，都可以想办法。"母亲坚定地说。

"这学校，这里的学生，其实挺需要我的……"

"父母也需要你呀！"母亲提高了音调，语气中带有某种伤感的意味，"你妈身体不好，你再不回去，过些年怕是想看我都看不到了……"

"快别这么说！"母亲的话也挑起了我的伤感，"我听您的，妈。"

我并非受迫才这样说的。我的确从内心已顺同母亲的意愿了。母亲的话虽夸张了一些，但确有道理。我毕竟来自三孝之乡，孝爱文化已融入我们的血脉。"父母在，不远游。"我想起了古人说过的这句话。

"下午带你去找市委的一位领导，"母亲说，"他曾在我们县当过县委书记，与你爸熟识，他家住址我都寻到了。"

我点点头。我有点惊诧地望着母亲，她为了我能调回家乡工作，竟先期默默地做了这么多的工作……

吃过午饭，我让母亲好好睡了一觉，然后才随她去了市里。

母亲买了不少值钱的礼品，用一个拎袋装了。等到了下午下班时间，我们便按早已摸清的路一齐去了领导家。运气还好，虽然领导不在家，但其夫人刚到家，接待了我们。母亲显然有点紧张，话说得并不流畅，但总算把来意交代清楚了。看来她也不擅长做这一类求人之事，都是被迫无奈才硬着头皮来的。领导夫人原则性地做了回答，态度还是不错的。但对于送去的礼品，她表示不能收，而且态度坚决，夫人反复说道："你要想解决问题，就把礼品拿走！"我看到母亲涨红了脸，语无伦次。显然，母亲感到很没面子，自尊受到了伤害；她也是离休干部、知识分子，又是单位的一名负责人，这情形让她有点难堪。

我拎着没送出的礼品，跟着母亲从领导家出来，又漫无目的地走了很长的路，一直都没听到母亲再说什么。后来，她领我上了公交车，说是去大轮码头，傍晚还有一班去华阳的大轮。

我替母亲买了船票，然后在候船室的条椅上坐着等船。大厅里旅客拥挤嘈杂，纷乱的人影在眼前晃动，每一个陌生面孔背后，都有不同的故事和连接这些故事的扯不断的牵挂。我不时打量着母亲的神情，我看到她两眼泛红，而且闪着泪花。我拥着母亲的肩膀，说着安慰的话：我说我会努力去办调动这件事，下回我一定带着一份理由充分的报告去找那位领导……

江轮的汽笛声自远处低沉地传来。检票开始了，我送母亲到江边五号客轮码头检票口。我目送着母亲的身影沿缓坡而下，走上了铁板通道；我看到她在走上趸船的时候回过身来，朝我这边张望，我努力地向她挥着手，心头涌动千言万语，热泪禁不住溢出了眼帘。我在心里喊道：妈，放心，我会回去的，我相信我能做好这边的工作，我肯定不久就能回到故土，回到您身边的……

一年以后，我终于调回了家乡。回来后，与母亲一起生活了九年，这期间，母亲帮助我成了家。然而九年后，多病的母亲便不幸离开了人世。我庆幸九年前，在母亲的召唤下我能够下定决心，破除艰难，调回了故乡，使我有机会能与母亲共同走过她最后的岁月；否则今天，当我面对母亲的遗容时，将抱着巨大的遗憾！

然而，即便如此，我也还在叩问：在孩提时代，我们只是懵懂地沐浴母爱、享受母爱，不知在心中珍藏好母爱；长大以后，为学业、为事业，我们又每每忽视了母爱；而当为子女操劳一生的母亲撒手人寰时，我们才想起来，以往与母亲相处得不够、交谈得不够、倾听得不够、问候得不够！然而这一切又怎么去弥补？靠送殡时悲伤的泪水吗？靠想念时遗憾的喟叹吗？

"父母在，人生尚有来处；父母去，人生仅剩归途。"在我人生的后半程，我肯定还会不断想起母亲，当我取得成就、收获成果、感受欢乐时，或者当我遭遇病魔、遭遇劫难、遭遇迷惘的时候，我都会想到甚至呼唤母亲！我不能让心灵过于孤独寂寥，这是永远连接的血脉之缘啊……

1999 年 5 月

漂泊的祖父

一

多少年来，我一直都在思索——或许这个家庭的每一位成员也都在断断续续地思索——当年，受过良好教育、满腹经纶的祖父，为何会以那样冷漠的方式离家不归、漂泊在外。然而，谁都无法言明自己的困惑。

为此，我曾有过很多的幻觉，譬如，我曾不止一次地设想：漂泊的祖父，忽于某日回到老家那小山村的情形。我还一度想过围绕祖父的"回归"编创一部小说，以某种抒情笔调叙述那"回归"可能引发的波澜。但最终一切皆归于虚幻，只能徒生感伤。

至今，祖父仍是一叶漂泊之舟，在生活的海洋抑或天堂的云际间踽踽漂渡……

二

  祖父漂泊的人生始于一九三四年的那次出行，当时，他告知家人是外出"考县长"。

  祖父离开的时候，他的四个孩子都还年幼，大女儿不过十岁，大儿子也才六岁，最小的女儿还在襁褓中嗷嗷待哺，他的结发之妻是不识字的裹足女人。毫无疑问，当时那个家庭正需要男人肩膀的担当。而恰在这个时候，祖父竟毅然决然地离家出走了。当时的祖母可能以为，男人此去只为谋取个人功名，不会完全抛弃家庭的。毕竟他毕业于徽州最高学府，有很厚实的文化功底，且心存长图大念，眼下这个只有三四户人家的小小山村的确没有他施展才华的空间，于是也只能勉强同意，并指望他考取县长为家庭带来福祉。但祖母万没料到，男人这一去，竟如离笼之鸟、脱缰之驹，没再回返！最初的几年，倒还有零星的信函寄给他姑母（妻儿不识字），从那些只言片语中略知，他先在南京立足，后又辗转大西南多个城市。到了一九四二年他姑母去世，他便不再有书信寄来，从此杳无音讯。

  直到一九六二年，已成为国家干部、分别在安庆两县城工作的我父亲和我小姑，突然分别收到了祖父的来信。从信中才得知祖父离家在外二十八年的主要经历：他走出山村之后去了南京，在南京国民政府参谋本部中央陆地测量总局历任科员、股长、书记等职。抗日战争时总局收属军事委员会军令部第四厅，迁往大西南，他先后在长沙、桂林、贵阳等地迁移任职，另在贵阳兼营新苏饭店。抗战胜利后留黔，曾任黔东台江县代理县长、贵阳市财政局股长等职。一九四九年贵阳解放前夕，伪省府开始崩溃，陆续撤逃台湾，他因不愿逃亡海外，便留在贵阳等待解放。新中国成立后的头几年，他在都匀市等地的饭店、商行、摄影社等单位做服务性工作。一九五八年因历史问题被捕，判处劳改，至一九六二年六月被释放回都匀市。此时他不仅身患浮肿病，而且孤独无靠。他想到了"叶落归根"，想回到故土结束漂泊生涯，找到一个归宿。

这样的想法，也许是可以理解的。可是，至此才清醒过来想起故土亲情的祖父，可能低估了他近三十年对家庭不负责任的行为给整个家庭及其成员，尤其是他的结发妻子所带来的伤害程度；他可能也还不清楚，因为他的直接或间接的原因，他的儿女们在如火如荼的各次政治运动中因为"政历不清"而遭受了怎样的打击。而且，祖父来信时，我父亲"右派分子"刚获平反，战战兢兢的父亲连祖父的来信都不敢私留，而是将信的原稿上交了党组织，又怎么可能冒着政治风险去配合祖父那一厢情愿的回归计划呢？退一步说，即便父亲勉为其难，同意祖父回归，对祖父已经心死的祖母会怎样？——历尽千辛万苦和情感摧残的祖母，思想上恐怕也是难以接受的。

是以，祖父的漂泊生涯，注定不可能按他晚年的意愿轻易结束。一切皆有因果，不论喜剧悲剧，祖父的遗憾是他几十年糊涂经历铸成的。

三

而今，半个多世纪过去了，如我这隔代的后辈都已届"天命之年"了。时间的流逝，已悄然洗去一切的悲愁和伤痕，也使我们不再被过浓的主观情绪所影响和袭扰，能够相对客观地去观照祖父在那个年代的那些经历了。

客观地说，祖父当时的出走既有主观意志亦有社会因素。其时正值第二次国内革命战争时期，国内阶级矛盾突出，城乡分化严重，城市的浮华和农村的凋敝反差很大。而在老家徽州，人们受朱程礼学等封建思想影响、束缚至深，男人不少受过良好教育，女人多半为文盲半文盲，并被残酷地缠足，劳动及活动受限，只能在家做家务带孩子。有知识有文化的男人一般都不愿困守山村，大多外出追逐功名，谋取更好的前程，只不过在对待家庭的做法上不尽相同而已。所以，从这个意义上说，祖父当年的离家，其实是带有某种必然性的。

然而，在离家之后对待家庭的态度和方式上，照直说，祖父显得过于冷漠和自私。虽然这之中，同样也是既有客观原因也有主观因素的。

先从客观上说，祖父离家后的很长一段年月，是旧中国内忧外患、灾难深重的时期，战火连绵，社会动荡，矛盾交织。初入南京的头三年，可以想见，他立足未稳，一切都有待打拼奋争；三年之后，抗日战争全面爆发，南京沦陷，他不得不随所属机构转移颠簸于大西南多个城市；解放战争时期留在大西南，时局颠簸而他又杂务缠身；新中国成立后更是战战兢兢不敢妄动。这一切，从表面上看，似乎都使他没有足够条件来照料家庭。而从主观上看，其实二十多年漫长岁月中，如果心中有家，不管时局如何艰难，应该总能找到联系和照顾家庭的途径和方法的。即便没有条件让家庭随迁，至少在物质上也应扛起抚育子女的责任。但这一切都不曾发生。因为那一时期，走出荒凉山村的他完全沉迷在城市热闹浮华的环境里，其心灵已被世俗的功利和虚浮的荣华所充盈。诚如他信中所言："年轻时代的我，不爱农村，只爱城市。外出之后如同'竭涸之鱼游大海，无缰之马驰平原'一样地恋而忘返！"这个时候，他可能很难想起故乡的家庭了。即便偶尔还能想起，恐怕也想不深想不细，更想不到那里的妻儿老小在没有男人扛担的情况下生活有多艰难！于是，他将本该由一个男人主扛的养儿育女的责任，全推给了一个没有文化也没多大劳动能力的妻子。生而不养，而且竟然二十多年都不曾探望。

当功利和虚荣还在的时候，被虚物充盈的心灵是高浮其上的，看不到将来落脚的土地。然而，浮华终将散尽，当一切外在的功名和荣华化为乌有时，其心灵也会在瞬间变得空虚缥缈，如鸿毛一般飘摇无着难以落地。也只有在这个时候，他那被冷风吹拂的头脑才能变得清醒，他的身心才能接上地气。于是，他开始写信，开始反思。从信中语调看，似乎也不能怀疑他的真诚。他一方面为自己辩解，以求得家人的谅解；另一方面又做自我反思。他在信中说："总之，现在我是感觉无限惭愧的，多少年来，把抚育儿女的责任，推到你母一人肩上，使她历尽艰苦，今后，我已无颜和她相见。前途渺渺，何处归寐，实难意定啊！"

人生的意义何在？人生的价值何在？这种精神的空虚，造成了心灵无处安顿！真乃浮生如梦啊！

四

其实，不单是身心，祖父的情感也是漂泊的。人非草木，孰能无情？祖父绝非无情之人，从他信中那诉说衷肠般的言辞里不难看出，他对故土亲情还是存有眷恋之情的。他说："当年我在家时，看到你们兄妹四人……觉得个个都很可爱。忆当年出门和你母话别时，看见你们几个围绕身边，是何等恋恋不舍啊！"在说到他小儿子哲文时，也是饱含深情："劳改是不光彩的，我因历史问题投入劳改，是意料中事，实难避免。不幸哲文又因脚残失火犯罪，造成劳改，真是出乎意料之祸……十年悠悠岁月，新生之日已成半百老人了。不知他的脚是怎样受残的，闻之不免为之一叹，心酸已极！"此外，他在两封来信中，还反复探寻这边家庭人员的情况，且言之切切。当收到他小女的回信时，"不胜雀跃欢腾快慰"，对于收不到儿子的回信则黯然神伤，并以"因果""正比"等词语聊以自慰。这些都说明，在他心目中，故土亲情不仅未泯灭，而且已复苏。

然而可叹的是，他心中的这份情感，在很长时间里，竟让位于功名利禄和对城市生活的痴迷，失去了牵引力和感召力。在长期的不归和失联中,他扯断了与家人情感的纽带……

现在,仅凭目前手中的两封来信和姑父入党外调所了解到的情况,还难以知晓他这只漂游于城市几十年的船是否还停泊过其他港湾。但有一点是可以肯定的,他劳改归来后已是孤苦一人,他对故土亲情的价值有了重新的认识,他希望将曾被他扯断的情感纽带重新连接上。可是,经过几番努力,他突然又发现这很难办到、希望渺茫……

这一份被唤醒的情感于是找不到着落了,一直就那么漂泊着。他在信中做了很多努力,其中包括要求子女将他的信读给他的结发之妻听。可是,祖母得知这一切时,只是缄默不语、默默流泪。历经人生风雨和艰难的祖母,也许在事理上原谅了他,但在情感上却实难再去接受。至此,他才从幻想中走了出来,终于明白,有些东西将它打碎或扯断,并经长期冷漠处理后,是难以再将其还原的。

于是,他除了多思伤感,还能怎样?在"严寒岁尽,夜雨潇潇"的除夕之夜,他在极度失望和伤感中作了《感怀》诗二首:

感怀(一)

流光迅速催人老,才骑竹马又白头;
黔山寄迹他乡客,推窗望月忆床前。
浮生若梦如灯影,辛甜苦辣似相连;
一心想作归回计,两袖清风志未酬。

感怀（二）

春去夏来秋又冬，连年困守筑山城；
有意欲归归不得，何时再见故乡亲？
人生过程如春梦，万紫千红百样空；
而今莫走升官道，劳动生产亦英雄。

（一九六二年除夕作）

每每读到此诗，两眼不知不觉就已模糊，仿佛能伸手触及祖父那与黔雨交织的绵绵无着的思乡愁绪……

五

光阴荏苒，祖父在漂泊中耗尽了一生。尽管他曾为了挽回而做了不少努力，但终于知其难而退却了，最后还是客终他乡，了却浮生。留给我们这些后人的，是无尽的思索和喟叹。我曾多次试图从政治、社会、人性、人文等角度去思考造成祖父此种人生的因由，但终究无法找到令我信服的答案。

那么，作为后人，我们如何面对？还能做点什么，以慰时常涌起的伤怀？

不久前，我姑父带着他的女儿女婿来看望我父亲。我那表妹婿酒席间流露出一个意图：他想去找寻祖父在贵州等地留下的痕迹。我似乎也有类似的意图。毕竟血浓于水，唯有血缘可以消融一切、拉近一切。不管祖父当年对家庭犯有怎样的错误，他毕竟是我祖父。

然而，时间的灰尘越积越厚，生存的痕迹日渐淡去，寻觅之路注定迢迢。如何寻得到那漂泊的灵魂所留的印迹？

是啊，在时间和自然面前，人都是渺小的。人生在历史的长河中，也都是匆忙的。祖父无论经历过什么，他也不过是一颗流星，终将消失在天宇之中。唯有一代接一代的后来者，每到传统节日，还会涌起伤感的情怀。

人啊，在短暂的生活旅途里，该把握的还是要审慎地把握，尤其脚下出现多条道路的时候，搞清楚哪一条适合自己、对得起良知，而且还要记得住归途。

祖父留给自己的是空虚和漂泊，留给后人的却是永远无法弥补的遗憾。

2016 年 9 月

劳作,叔叔的主旋律

每次看到叔叔在山上茂盛的草木里走动,我总觉得,叔叔那因为腿疾而起伏较大的身躯,就像山间的一株移动着的树木——不管是阴还是晴,无论是风还是雨,都一样泛着青色,一样存活于生他养他的这块山地中。

多舛,命运的深底色

诚然,叔叔的生活一直艰难地写在皖南地区大山的皱褶里,一如一棵极平常的树木,悄然汲取大山的养料而生长、而成熟。然而,他为之所付出的,却比别的生命要多得多。

按乡里人的说法,他是个"苦命人"。大约才三岁的时候,叔叔就失去了父爱,只得扯着母亲单薄的衣袖和兄长瘦弱的小手艰辛行进在崎岖的山道上。一次不小心摔了一跤,跌破了膝盖,因当时家境极为贫寒且未引起重视，没有及时施治，竟至于发炎、腐烂而最终落下了残疾。一个有腿疾的山民，在坡高路曲的大山里生活，其艰辛自不待言，他长期的清贫和窘迫也是不难想象的。

现在，用简短的文字，很难交代得清叔叔此生遭受的不幸，我只粗略地说，在那个靠拿"工分"生活且排斥各种"副业"，不能"靠山吃山"的年代，叔叔连温饱问题都难以解决。为了生存，一个跛了足的残疾人竟然也开过荒、看过山，后来竟在一次烧荒中不幸失手：当突起的山风吹旺了火势时，因为腿脚不便无力有效施控，终致一个小孩罹难，叔叔被人告发而身陷囹圄。之后，他拖着残疾之躯，竟然在劳改农场防汛时立了功而被提前释放。

每次，看到叔叔颠簸起伏的身影，我内心都有一种辛酸感，同时还会想到一个问题，一个人能承受多大的不幸呢？又有多少人能够承受叔叔如此的不幸呢？

乐观，人生的主基调

不过，叔叔却一直是乐观的。每次去老家见到他，我都从未听到他诉说日子的苦处，或是对日子失望的喟叹；没有埋怨，没有牢骚，也没有悲伤，他总是一副很沉静的模样，微含一些不易察觉的笑意，很敏感很精确地述说一些生活上不起眼的好转和进步，让人很难从他的眼神、表情及言语上发现他新近又遭遇了哪些艰苦。无论遇到什么难题，他都不紧不慢地叙述，并很有分寸地请求一些帮助。而最后，这些难题，似乎也真的在他不紧不慢的态度里，慢慢化解了。到了近些年，日子改善之后，他又很善于介绍他所获得的收成。

我感觉，乐观真的是他支撑起自己风雨人生的原动力。

劳作，生活的主旋律

叔叔与生俱来的坚强的秉性，使他能够将吃苦耐劳的品质融入血液，在生存竞争中获取属于自己的那份阳光。特别是在农村改革之风吹到山乡，他有了责任田和自留山之后，更是不知疲惫地劳作，勤勉地为自己贫瘠的园地浇水施肥，培植花朵。他辟出了自己的竹林和桑园，每年的耕作也不再局限于传统农事；他每年还要养几头猪、几头牛，养四季蚕，他起伏的身影每日总是与阳光同行，他单薄的身骨也越发坚韧了——就像折断之后又获生机的树木那样。他用脚踏实地永不停息的劳作使日子日渐殷实起来，改变了长久以来的贫弱面貌。每次，我回老家探亲，看到的总是他在山上穿行、忙碌的身影，是那蓝布粗褂上的泥土、黝黑面庞上的汗渍以及被汗水打湿了的胸膛。没人再劝他歇一歇，因为那种劝告已被多次证明不起作用，家人都已知道，他若真歇息下来就会浑身不自在。记得我结婚那年，叔叔带全家赶来参加我的婚礼，因多住了些日子，竟至浑身酸痛，闹出感冒等一堆小恙来。他坚持要带病返乡，说是回家就会好起来。果然，返乡后做了两天事，所有小病真的从他身上逃跑了。事后他在信中说，在我处生病，皆因歇得太久！可见，劳作之于他是多么重要，劳作成了他的生存方式和生活的主旋律。

今年我和大哥随父亲赴老家探亲，我们再次看到了一位年近八旬的残疾老人忙碌的身影。那天晚上，家人聚在桌上谈心，我们都一致劝他说：你已经老了，且腿脚又不便，到了该歇下来享享清福的时候了；至于生活费，我们这边每年都给你寄，管你生活无忧！叔叔却淡然一笑，说他现在做事并不全是为了收入，而是自己做惯了，不做就要生病。

不劳动就要生病！这竟是一位劳作一生的残疾人晚年对日子最主要的感受！

2003 年 7 月

今夏,她做了母亲

当我的孩子已是初中三年级学生的时候,姐姐的孩子今夏才刚刚出生。这便是这个炎热的季节给我带来的一份难得的慰藉!

人到中年方有后代,这其中自然有令人慨叹的因素。其实,姐姐对婚姻的体验并非始于近年,而是远在十年前。那时,她还算得上年轻,像其他年轻人一样,对婚后的小生活充满憧憬。她尽了自己最大的努力,其中包括调用父亲在市里的关系,将她的大学毕业的夫婿成功地安排在市里工作,并企望自己也能像鸟一样飞过去,在斑斓迷离的城市里建筑起自己温馨的暖巢。然而,在世俗的环境里,浪漫的彩泡也许更容易破灭,仅仅两三年之后,她的这次婚姻便失败了,她的夫婿在光怪陆离的城市里有了新的目标!爱的丧失和婚姻的失败对她的打击很大。在此后漫长的日子里,她始终未能走出那块遮蔽她心灵的浓重的阴影。

人们因为了解她的善良而希望能够给予她某种帮助,包括主动为她重新介绍对象等。而她一直沉默无语、拒谈情事,一次次回绝了他们的好意。之后,母亲不幸去世,她和父亲住到了一起,将她的房子及家具等留给了我。她始终很沉静,在做完家务之后的大量空余时间里,或购置一些书刊来读,或种养一些花草,看上去似乎闲适恬淡,然而我知道,其实她内心还未抹去第一次婚姻留在心底的烙印。譬如那年,我给旧屋搞了一次装潢,顺便将她留在我处的结婚家具刷上了不同颜色的新漆。我的本意是让她快一点忘了过去,开始新的生活,不想此举竟触痛了她敏感的神经,她以忧郁的眼神责备着我们,并为此不止一次流泪。我为此一直内疚不已,似乎也更深地感知了她复杂而深邃的情感世界。八年的时间就这样悄悄地流逝了。

　　伤害一颗心也许很容易,修补好一颗心却非常艰难。八年时间对于抚平一道心灵上的伤口是不是够了?我不知道。但令人欣慰的是,她好像从书本或其他方面得到了某种启示和感悟,意识到了她的日子的残缺,且有了弥补这种残缺的动力。她开始有所行动了,也愿意接受别人的好意,向着做一名妻子、做一个母亲的方向行走了……

　　在周围一致的期盼中,她终于走进了她的第二次婚姻。仪式显得简单而质朴,但一切都那样实实在在;没有虚华与造作。她把握住了这次人生机遇,顺利地在这个盛夏成了一位母亲!

　　是呵,成为母亲,这是一个女人人生求得完整的重要一步!也许,对于多数人来说,这似乎并不太难,然而之于她,却有着如此多的坎坷!因而,她加倍小心地呵护她的孩子,不容许有丝毫的粗心和闪失——就像呵护自己的未来、自己的生命的全部。诚然，生命是一次性的，人生能够重新开始的机会其实并不很多，她清楚自己还有多少资本，她珍视眼前的一切。

有了健朗的性情和谈吐，有了会心的笑容，这是一个多么大的转变呵！那么，就让我们的祝福融入她———一位中年母亲的微笑里吧！

2002 年 8 月

老旧的时光

我是在老街边出生并长大的,且至今仍与东门老街相伴。

在我活泼调皮的孩提时代(也就是二十世纪六七十年代),我曾无数次穿过直通东门街的幽暗屋巷,去找寻玩耍的伙伴;在那些结构复杂巷道幽深的庭院里,做过捉迷藏之类的游戏。在税务岭未挖开之前,我和东门街的小把戏们还时常穿过最西端紧邻新街的数十米长的高台通道,绕到小北门街钵盂山寻找伙伴,做放风筝、砸纸鳖、打弹子之类的游戏。很自然地,每条老街老巷都有我们通过游戏而结交的铁杆伙伴,如在陈德兴钱庄所留老屋里居住的太群、中华等小学同学,我们形影不离,不仅相约一起上学,放学回来也常常一起玩得忘了回家;假日里,我们经常一同穿过老屋幽长的过道,绕到江山一览楼后的钵盂山头打弹子、砸铜钞、放风筝……现在想来,在一个能望见小城全景的高地放风筝,是怎样惬意的体验啊!

年少时期似乎是感觉不到压力的，这倒并不意味着没有生存的压力，而是童真的心态化解了压力。在那个年代，各家的境况其实都不很好；我弟兄姊妹有五个，父母时常也交给孩子们一些生活的任务，如拾柴火，帮大人在粮站做小工，到野外捡蓖麻子、木子、蝉蛹壳卖点小钱贴补家用，等等。而我们并不觉得这是麻烦，通常把任务的压力化作玩的动力。有时我带着简单的工具，独自出门或约了伙伴一道出去，走的路线大抵是这几条：之一是从东门街出发一路向东，过弹簧厂、豆面厂、东厢庙后，便沿一条两边排列木子树的沙石路直去回龙宫；这一路的收获是木子和柴火。之二是从新街出发，沿望华路往东南，过化龙桥后便是通往江边华阳镇的砂石公路，路的两边皆是粗大的杨树，蝉蛹从树根部土中钻出到树上蜕壳；在这里捡柴火和蝉蛹壳通常收获颇丰。之三是从新街出发，沿西门街往西，过酒厂到护城村至君皇山，此行则是为了捡摘蓖麻子和摘野山桃等。不管选哪条路，沿途都会留下我好奇的探寻，我经常沉迷于路途中的嬉戏，甚至于乐而忘返。到粮站做工则是大哥大姐的事，我因年岁小只能做送水等辅助性小事。记得那时，我常做的事是带着装得满满的茶水壶蹲在去县酒厂的西门街口，等候大哥大姐挑着老糠（稻壳，用于酿酒）从跟前经过，为辛苦挣钱（每担工钱大约两角）的哥哥姐姐送上解渴之水。的确，大哥大姐远比我辛苦，他们为解家庭之困，不仅挑过老糠，还常做扛麻包、下汽车、缝麻袋、剥花生等艰苦的小工，年轻的身躯过早承载了家庭的负担。不过，在那个年代，几乎每个家庭的孩子都要或多或少地为家庭承担事务,比如我的大多数同学,每到暑假都要背着冰棒箱整日走街串巷卖冰棒,烈日炎炎,他们都舍不得从箱中拿一根来自己解渴,那"吃冰棒啵"的叫卖声,是这个小城最清凉的音符。

写到这里,我突然想到了巴乌斯托夫斯基曾说的那句话:"对生活,对我们周围世界一切诗意的理解,是童年时代赋予我们的馈赠。"我觉得这句话很适合用于我的身上;我之所以一直钟爱文学,习惯于用诗意的情感去描绘生活,与我童年快乐的经历紧密相关。尽管我童年的物质生活是简单而清苦的,但我的精神世界却是快乐多彩的;没有什么学业负担,没有过多的束缚和干涉,父母也无力无暇过细地管束孩子们,而是放手让我们感受生活,自己去创造游戏和游玩的方式,自己去创建感知和看待生活的方式。我的童年是我此生最快乐的时光,而且我一直认为,我的童年是完全融入这座小城并与它一同快乐着的。

是的,雷阳小城的每一处,都曾留下过我童年的足迹;至今我还能清晰地忆起当年这些街巷上的景象……

其实,小城一直是生机盎然的,即便是在那个物资匮乏的年代。不去说老街——因为老街已说得足够多,人们已能想见它们的情形——便是望华这条新街,当年也是每日汇聚着四方而来的生气!

我居住在从东门街延伸过来的老屋里(我曾与人玩笑说我是"泛东门街"居民),老屋未改造前,它面临的就是望华街。老屋临街的前院略带斜坡,原本是老城关粮站提供给市民排队等候开票的地方,老粮站迁移后这里被县食品站借用,开办了猪崽交易市场和猪肉市场,每日猪崽的尖叫声会同市人嘈杂的喧哗持久地笼罩这片区域。祖母带着我们几个孩子（父母当时住小北门街粮食局）就挤在两间不足三十平方米的老瓦房里,过着那些热闹的日子。除去夜晚,在家待与在街上玩其实没有多大区别,我每日在街上的时光甚至多于在家的时候。

街上总是很热闹,各种摊点不知从什么地方冒出,天光泛亮后都陆续汇集到这里,有修锁配钥匙的、修打火机的、补鞋擦鞋的、摆炸米机的、修补盆碗的、卖捕鼠器及老鼠药的、敲铁皮的、制黄烟杆的,等等,门类繁多,非常丰富,有些摊位的地点还很稳固,仿佛在某一处扎下了根。其中有些摊点是我很感兴趣并经常光顾的,如炸米机摊、制黄烟杆摊、敲铁皮摊等。

炸米机是那个物质匮乏年代的产物。与现在的电控爆米机不同,它是一种大葫芦形的黑色密闭铁罐,被架子载着,盛了米在火炉上旋转,仪表显示内堂的压力到了一定程度,便从火炉上卸下铁罐塞进一个发黑的大麻布袋子,脚踩阀门控柄一声爆响,炸爆的米花便冲进袋中。那种机子现在已很罕见了,在当年却是解决孩子们零食问题的好帮手。那时,县城的炸米机摊子不少,不说其他街巷,光是望华街便有两三处,常摆在东门街西口、雷阳书院门前及新桥头等处,每日炸米机的声响,就如同现在的礼炮声一样,召唤吸引着每一个孩子。在我们家,母亲大约每隔半月就要带着玉米、粳米和铁皮筒等,牵着我去光顾那炸米机摊,每每让我高兴得就像是过节一般。

我喜欢光顾的手工小摊还有敲铁皮摊子和那个造黄烟杆的摊

子。不光因为我能将平时寻到的废旧铁盒和铜料在那里换到小钱,摊主的手艺及其手工流程也让我很感兴趣。我经常蹲在制黄烟杆摊子旁边,长时间观察那个老年摊主如何一个人既操作风箱又摆弄熔炉还要在砧子上敲打铜片;仔细察看老人用他那看上去粗糙不堪却非常灵巧的手将粗粝的铜料敲打成薄精的铜片,将粗糙的竹坯打磨成规整的杆坯,再经过精细的剪切和镶固,最终将一小截带根的毛竹管制成一根漂亮的黄烟杆。我至今还记得那是一个皮肤黧黑却被炉火烤得锃亮的老头儿,头发稀疏,落着岁月的风霜。他对自己的事业很专一执着,每日都准时将他的摊子在靠近我家的那个路边老点铺开,他将制好的烟杆排列在摊前的矮脚木凳上——就像艺术家展出他的作品那样,自己只是埋头认真地制作下一根烟杆,他很沉静,一直用他的锤音充当自己的吆喝。不知道他从何来、家在哪里,也不知道他制作的黄烟杆是否能够支撑他家庭的生计……

其实,这条街的生气不单是由手工及杂货摊点营造的,很多的时候,这条街还是周边农人赶集的场所;农人们时常三五成群地将他们地里的香瓜、油桃、粗梨等水果以及荸荠、莲蓬、鱼鳖等水产品还有各种蔬菜,用腰子形篾箩装着,在这条并不很长的新街两侧抢占位置密集排列。虽然县城在东门街最东头有个小型菜市场,但农人还是更看重这里的人气。最为热闹和壮观的,是甘蔗上市的时候,农人用板车拉着甘蔗,一车车相随而来,在望华街两边挨个排开,把街道挤得很窄;快乐的孩子们像蜜蜂粘花似的围着车子打转,有的缠着大人买,有的拿出平常卖碎玻璃及废铜烂铁的钱买，还有的实在没钱甚至拣甘蔗杪解馋。有一回，我看到有一个孩子，抢了半根甘蔗骑上一头大猪逃跑，猪受了惊吓跑得很快。那情景至今在我的头脑中还很清晰。

雷阳城的过往是丰富的，我不可能将老城的旧时光一一在此作冗长的叙述，我只能选择几个片断或仅用综述的言语作粗略的铺陈，以勾起人们对过往岁月深沉的回味。虽然这些老旧的情景已成为那个远去的时代苍老的音符，但它记录着这座小城民众曾经有过的本真生活，它以真实和真诚的方式告诉我们，小城的生气是历史沿袭而来的，是雷水之阳的这片热土滋生的，是古雷池大地朴实的子民营造的，因而不会只是曾经的，定会一直延续下去。

诚然，当今的雷阳城，不还依然是生气汇聚之地吗？沿街密排的店铺、节假日云集的人流、街头流动的地摊、商场前密聚的货摊、夜晚沿街的烧烤摊等，不是与以往一脉相承的吗？

2021年8月

我与雷阳书院

作为从雷阳书院走出来的学子,我一直希望这所老旧的书院能焕发新的生机,重启其应有的功能,发挥新的作用。

这一愿望,终于在近期得以初步实现;这所沉寂于雷阳老城一隅,且因为在多年的修修补补中不断被嵌入现代建筑材料而逐渐丧失其古朴文雅风貌的古老书院,如今经古建筑专业修缮队伍精心修葺,大概恢复了它往昔的容颜。这的确是雷阳古城的幸事,也是广大雷阳学子们的欣喜之事。这所创办于清康熙年间的著名书院,此番依循修旧如旧的理念修葺成功,让雷阳老城乃至安庆、安徽的文化人,对这所古老的书院在新时期发挥弘扬优秀传统文化的作用寄予新的期待。

雷水之阳的这片文化厚土,历来都是尊师重教蔚然成风之地。皖江文化研究会副会长张健初先生在其论文《清季望江书院之兴与人才之兴》中说:"清季望江,教育之乡。安庆府八大书院,(望江)一县独占其三:来仙书院、莲花书院、慈湖书院。"这里的"来仙书院"即雷阳书院的初始之名。史料记载:来仙书院是清康熙十九年(公元1680年)由知县陈柿祚(别号来仙)筹资兴建,清乾隆二十三年(公元1758年)知县狄宽对其进行了修葺,并将其更名为"雷阳书院"。清咸丰八年(公元1858年)因兵乱水患倒塌。直到光绪八年(公元1882年),县令林调阳在现址重建了雷阳书院,面积近四千平方米,设计精巧:大门框为石材立柱,两旁有石鼓,门上有匾额,上书"雷阳书院"四个颜体大字;入大门左右侧为庑廊,东西两厢为教室,中间石阶之上是大讲堂,组成了四合院,讲堂正中悬挂一块"多士欢颜"大匾,两边大柱挂有林县令撰书的楹联:

　　名教中乐地无涯,对山色湖光,足以荡涤胸襟,放开眼界
　　善学者会心不远,看鸢飞鱼跃,便是精微道理,活泼文章

讲堂左右为长形庑廊,后进为一座两层藏书楼。迁建后的这所书院设计精巧,面目一新,带来望江人才之兴,倪文铮等一批学子相继中举,望江清末四大翰林余诚格、陈树屏、檀斗生、徐进都曾就学或讲学于雷阳书院。光绪二十四年(公元1898年)清廷废除科举兴办学堂,雷阳书院遂于四年后改为高等小学堂,并延续至民国时期;新中国成立后在此设立的望江中学,为国家

又培育了大量社会主义建设人才。

我和雷阳书院一直是很亲近的。这种亲近不仅是物理距离上的，更是精神上的。雷阳书院正门对的这条街叫书院路——因雷阳书院在此而得名，我便是在书院路一侧的粮食局宿舍里出生并成长的，这里距雷阳书院仅咫尺之遥，因此可以说我是在雷阳书院边长大的，从小就常看到莘莘学子从门前走过，听到他们琅琅的书声和早晨、课间操练之声。小的时候，我和小伙伴们经常来书院内玩耍；那时的校园林木繁茂，书院的院内也是草木葱郁，尤其几棵梧桐树，茂盛挺拔，荫翳如伞，清凉宜人。虽然那时正值"文革"后期，是一个不怎么重视学习文化知识的年代，而我们也正处于贪玩调皮的少年时期，但在雷阳书院里活动，我们还是不知不觉受到这里文雅氛围的感染，很少有调皮打闹的举动，而是凑在一起或交流各自拥有的小人书，或跟着高年级学生围坐于树下讲故事，或玩一些相对文雅一些的诸如"跳房子""砸纸鳖"之类的游戏。

真正开始我人生求学的经历，应该是在进入望江中学、来到雷阳书院就学之后。我上初中的头两年，"文革"还未结束，对学习要求不严，我们这群学生便变着法儿在校园里玩耍，而我由于喜欢书的缘故，时常进到书院后进的楼房里借书，因为当时中学的图书室就设在那里。高考制度恢复时我们刚上初三，这时全校上下都紧张了起来，不仅正规课程抓得紧，补习之风也开始盛行。此时的望江中学，成为全县学子渴望进入的最高学府，是冲锋高考的"桥头堡"和"领头雁"，其两个重点班，网罗了全县中考的尖子生。可以这么说，当时全县最优秀的学生，几乎都聚到了雷阳书院；所幸的是，在升入高中后，我也成了那两个重点班中的一员。学习是非常紧张的，学生们都在为自己的前程拼搏，经年积压的求学激情在雷阳书院得到空前的迸发，一个个都表现得那样忘我投入、勤勇精进。有时，为图得一时清静，我们这些不住校的学生，在点点滴滴的课余时间里，常"躲"到雷阳书院相对安静的院落里去背课文、背单词，似乎是想借书院的浓厚文气为自己的学业注入一些灵气。

就这样，恢复高考之后，一批批雷池学子，携雷阳书院这块文化宝地的灵气，走向全国各层次高等学府深造，为日后成材奠定了坚实的基础。

我也是从雷阳书院走向高等学府的，没有在这校园求学的经历，也就不会有我后来学业上的成绩和走向社会后的作为。

回到家乡工作后，我有幸成为宣传文化战线的一名干部，并长期致力于这一高尚事业，二十多年的不懈努力，使我不仅成长为县宣传文化管理岗位的一名负责人，同时也成为雷池文化研究会的发起人和组织者之一。我一直牢记着雷阳书院给予我的"恩惠"，多年来一直不忘为雷阳书院的修葺鼓与呼。令我欣慰的是，我不仅与文化部门其他同志一道有效推动了雷阳书院修葺建议的采纳，而且还成为雷阳书院修葺项目落实的推动者和参与者之一，为雷阳书院作用的更大发挥献上了绵薄之力。

未来，作为雷池文化研究者之一，我希望能够再入雷阳书院，为雷池文化的研究和弘扬，搭建一块新的平台。

我真心希望，当年林调阳县令所撰的那副楹联，不仅能重新悬挂在雷阳书院讲堂两侧，而且能够化作雷阳学子和文化人实实在在的举动。

2016 年 12 月

1983，履历中深刻的烙印……

尽管离开浮山已三十年，但时至今日，一些记忆的碎片依然不时漂浮于脑海，或萦绕于心头、浮现于眼前……

失落的停泊

1982年，我从芜湖师专毕业了。那一年我十八岁，若放在现在，大约还是上高中的年纪吧；而那时的我，已离开故土，踏上了赴异乡任教的路途。我不知道前面等待我的，是怎样的境遇，我兴奋激动又满怀憧憬。送我赴任的，是我的大哥，他挑着我的行李担子，我们一路辗转颠簸，来到繁昌县教育局报了到，又乘坐一辆拥挤的县道客车驶出县城，最后颠簸于漳河大坝，在一个叫丰圩的路口下了车，经由热心人的引领，沿一条碎石路艰难行进两公里，再通过一条窄曲的土路才抵达目的地——浮山中学。

毫不夸张地说，我当时有点痴愣地望着眼前的一切，这就是我要来的学校吗？没有校门，没有围墙，没有出入学校的正规道路，更没有楼房和一般学校都有的体育设施；几排青砖老瓦平房，长短不一地纵卧在一片还算平整的土巴场地上，一个不大的村子和两口小塘围绕在它的周边，一棵有年头的大树下，摆着一张竹桌和两把竹椅。这就是我将长久生活和工作的学校吗？这与我心目中的学校相去甚远，我没见过条件这么差的学校，也想象不出我将怎样在这里生活和工作。我真的有点愣了，心里生发出难以言表的失落感。

学校尚未开学，迎接我的是常年住校的老潘主任。老夫妻俩很热情，潘妈（我们后来都这么叫她）是学校食堂的职工。潘主任将我暂时安顿在一间据说是刚调走的老师的房间里。学校因为没开学，食堂也未开张，晚餐也只能在潘主任家吃了。我问潘主任这里能寄信收信吗，老潘倒是很自信，他说这里交通很方便，峨桥镇离此不远，镇上有火车站，邮电员每两天就来一趟……老潘夫妇的热情，使我失落的情绪得到了某种程度的缓解。

第二天清早，我送大哥回去，我听了潘主任的指点，将大哥送到峨桥镇火车站。来早了，大哥说今后见面就少了，要陪我多走走。于是又沿来时的路往回走，走过一段后又返回来，我又陪他走到小车站；如此反复几次，颇有点依依不舍的味道。我知道，大哥是舍不得我在这艰苦之地工作。

火车汽笛响起后，我目送大哥上了火车，我和他都久久地挥着手，直到视线已不能及，感觉眼睛已经湿润了……

渴望的眼神

  我的房间和潘主任家在一排平房，地是用土巴捶成的，墙角处有多处鼠洞，不时有大鼠出没。待情绪平复以后，我与潘主任夫妇的交流多了起来。潘主任对学校情况的描述令我印象深刻。他说，我们三位大学专科毕业的数理化老师是他好不容易才从县教育局要来的，因为他为这所农村初级中学的现状和未来着急，这所学校已经连续几年没有学生升学了，人们戏称它为"少林寺学校"！我问：难道没有学生考取高中？潘主任说：倒是有一些能够达到高中录取线的，但这里的学生都不愿读高中，宁愿选择复读再考中专，因为考取中专便意味着很快就有了工作，成为国家干部；如果读高中，还得花费不菲的财力精力去就读、去参加高考，能否考得上也还是未知，且学生们的家境都普遍不能支持这种选择。

  听了潘主任的介绍，我立刻便有了某种沉重感。一直在城里长大、在城里读书的我，虽然并不太理解学生们的这种选择，但细思之，似乎也能感觉到是生活的重压使他们无奈地选择了这种务实之举。一种沉甸甸的责任感也就油然而生了。开学了，我见到了那些三五成群的、脚步匆匆的学生。他们从东边、西南、西北等几个方向抄小道进入校园（这倒是没有围墙的校园的优势），手上拎着菜瓶子、拿着铝质饭盒，先将盛着已淘好的米的饭盒送到厨房的方形大蒸笼里码好，然后才去各自的教室。这是一项重要工作，这项工作没做好，中午就将挨饿；他们的家多数离校很远，中午是不方便回去的。

开课了，我走向一排长长的平房，那是学校全部的教室。我有点激动地走上讲台，看到的是学生们专注的表情和新奇的目光，我能感觉得到那些渴求的眼神中所承载的意义。我想，我必须要完成好我的工作，不能让这些渴求落空。

自尊和自信的心理支配着我去努力。然而物理课难学也不好教，不仅需要生动易懂的表述，还要借助仪器的演示。而当时的浮山中学并不具备这样的条件，没有专门的实验室，仪器也少得可怜，难以完全演示课本要求的全部实验！这就给我提出了难题，我不得不常常绞尽脑汁，从生活的现象中寻找替代实验的例子。而这却起到了意想不到的好效果，因为所演示的现象是从身边事例中撷取的，学生们似乎更容易理解和掌握。由此，我获得了启发，开始探索用通俗方法教学、增强学习效果的新途径、新手段。有时我有意不用书中的实验例子，比如讲到摩擦起电现象时，我没有拿玻璃棒和橡胶棒，而是拿一张塑料纸在毛衣上擦了擦，就吸起了纸屑；讲到静摩擦和滑动摩擦转换时，我举了有人喜欢坐在床上看书的例子，一开始是静摩擦，后来转成滑动摩擦就进了被窝，等等。学生们学习的兴趣自然就大增了，至今还有学生津津乐道地提及这些例子。这一切，都是那些渴望的眼神促成的，对我后来的教学也大有裨益。

空寂的"舞台"

夜晚的校园一片岑寂。没有学生住校,住校的老师也就那么三五家,到了夜间大抵都待在屋子里。此时的校园,就像散戏过后空寂的舞台。而我,也像一个卸了装的演员,在空寂的舞台上逗留,以期卸去一身的负重,轻松应对下一场演出……

夜晚的安排,大抵分为两个阶段。第一段是批改作业、备课以及对学生白天所问问题的归纳和分析,从中找出共性和规律性的东西,以利安排下一步的例题。忙完这一堆并不轻松的任务之后,往往就到了九十点钟了。此后,便进入第二段纯属个体性质的生活。多数的时候,我会轻松地走出屋门,面对夜空长舒一口气;如果天气良好,我便会独自一人在空寂的校园里漫步。乡校之夜带几分温馨和神秘,夜风清新,夜空深邃,天籁隐约掠过耳际;远处的浮山,淡淡的身影融在黛青的夜幕里,像某次梦的背景……此时我会点燃一根烟,眼望远空的星辰,思考一些关于人生、关于亲人的问题,似乎也能感觉到,母亲在遥远的故乡小城遥望儿子的目光……当然,有时候——通常是在节假日的晚上——遇到月明星稀的夜晚,我干脆不做事也不出门,就独自躺在那张简易的单人床上,默默品味着、享受着这宁静清纯的乡村的夜晚;溶溶的梦一般的月光透过窗棂,将树叶的影子投在蚊帐上,犹如一幅写意的国画。窗外,风吹树叶发出沙沙的声响,叶影也随之而在蚊帐上颤动;我有点陶醉地望着那些叶影,闲适地躺着，任天籁拨动思绪，悄悄于诗意的宁静里展开遐思，远方亲人们的神情也不时闪烁其间，真的别有一番意境和情趣……也是从这个时候开始，我觉得我可以动笔写一点什么了。

这之后，我开始尝试业余文学创作，这使我的生活变得丰富起来，空寂的舞台，似乎已不显得空寂，也没有孤独了；在夜深的校园里，时常多出一个披着大衣独自构思的身影……

忧伤的撤离

日子的流淌，似乎加快了它的节奏。

两个学期就快要走到尽头了，很快就将迎来又一次中考。但这似乎是一次不同以往的中考，这所学校因为有配套的、科班出身的一组教师的加入，而被众人寄予了希望，而八三届的毕业班在教师的调教下，进步也的确十分明显，从多次的模拟考试中，不难看出这种积极的变化，这自然又给了人们以新的、更高的期待。

然而天不遂人愿。进入梅雨季节后，持续不断的大雨使江河水位猛涨，迅速超过了警戒水位，汛情如猛虎一般扑了过来！防汛抗洪已成为压倒一切的中心任务。而丰圩中学（浮山中学的别称）面临的形势更为严峻，东边和西边分别有漳河和长河两个圩坝，任何一个破了堤，中学都将遭受灭顶之灾！浮山乡的防汛干部告诫我们，夜里不能睡沉，听清破堤的锣声来自哪个方向，就迅速向相反的方向跑！

师生们都很沮丧，感叹命运不济、世事无常。但我们都在坚持，包括我、于、吴三位外地老师。我们都在等待事态的转机、奇迹的出现，尽管我们都清楚，希望已很渺茫。

但水位还在上涨，上面的通知终于下达了：中考推迟，学生提前放假，教师抓紧撤离！我们的第一个教学年，就以这样的方式提前结束了。望着一组组拎着书本提前离校的学生，我内心涌动着不甘和酸楚。这就是我们努力的回报吗？有几组学生，在依依惜别校园的时候，还专门凑钱买了笔记本，送给我们老师，我手捧着那些礼轻意重的本子，眼鼻好一阵发酸。

乡里防汛干部催我撤离，说再不走路可能就断了，再想走就走不了啦！我草草拿了一个手提袋，捡了几件东西，就离开了校园。站在后河的堤坝上，我回望那几排长长的平房，内心涌动阵阵忧伤，泪水也终于溢出了眼帘。

幸亏我撤得及时，据说，我走后第二天，交通就全断了。我从芜湖乘轮船回到了望江县的华阳大轮码头。我下大轮的时候，洪水已淹没了码头至华阳镇的公路，我走了七公里的路才到了华阳镇。

纷飞的雪花

丰圩没有破，浮山中学躲过了一劫！

中考虽有所延迟，但还是进行了。浮山中学八三届毕业班因为大水的影响没有考出应有的成绩，浮中"少林寺学校"的帽子也没有在这一年被摘掉,但学生们对学校的信任及所寄托的希望并没有因此而丧失、而减少,因为过去一年他们的感受是充实的,所寄托的希望也是有支撑的;他们不仅都选择回到这所学校里来,还影响和带动了周边的学生前来参与复读,毕业班的规模因此扩大了。由此看来,过去一个学年尽管充满坎坷但并非没有收获,为学校的未来打下了好的基础。我们几个带毕业班的老师也提振信心,教学渐入佳境……这之后的几年,学校不仅摘掉了"光头"的帽子,而且每年中考都有不俗的表现,一批批学生走上了升学之路。

日子有序而充实地流淌,娱乐活动也丰富起来,傍晚时分的琴声、歌声,节假日里的对弈和玩魔方等,都使生活显得多彩。

入冬以后,一场大雪突然袭来。雪很大、很壮观,鹅毛般绵密的雪花在寒风中欢快地飞舞,一连数日都没有耗尽它们的激情。天地一片苍茫,一切都被耀眼的白色笼罩了。学校还没有放假,老师们还在坚持上课。但雪越积越厚,齐膝深的雪阻碍着人的一切活动。莫非,这又是一个要提前结束的学期?这一年啊,我们遭遇的,是怎样严峻的境况啊!

大家都很感慨,都很无奈。

终于不得不提前放假了,但与此同时,公路及铁路线都被大雪中断了。这场雪使我们这些外乡人返回故里的计划严重受挫,这意味着我们有可能要在学校里度过孤独又寒冷的春节!而且,学生放假,食堂停运,饮食似乎都成了问题……

情况的确很危急!我决计要从这里走出去。我背着行李包,带了一些干粮和水,一大早便毅然决然地启程了。我决心沿着火车道走,最终一定能走到芜湖市的。我没打伞,也没戴口罩,走过一段便停下拂拂身上的积雪,呼出的热气在空中化为雾气。我在心里念叨:"雪,总会停的!"每念叨一次,都似乎能为自己注入些能量。

我走上大堤、走上铁路的时候,都忍不住回过头向学校好一阵张望,尽管天地间一片迷蒙,学校的轮廓也模糊不清,但我的身子已经走热了;我心里想,瑞雪兆丰年啊,等明年开春我再回到这里,或许就能进入收获模式吧!

我不想把过程写得过于详细,留点空间让大家去回味。我只重复说一下,我边走边在心里念叨着那句话:"雪,总会停的!"后来,我又唱起了歌——尽管只有我一个听众……

2016 年 11 月

雪，总会停的……

我总是不能忘记那场大雪，总是不能忘了那场大雪降临时我的那个有点豪气的举动。是的，那场大雪至今还在我的记忆中飘着，它使我在后来的日子里遇到难处时多了几分勇气，也多了几分从容。

那是十多年前的一场雪。雪的确很大、很壮观；鹅毛般绵密的雪花在寒风中欢快地飞舞，一连两天都没有耗尽它的激情。天地间一片苍茫，一切都被耀眼的白色掩盖了。

雪越积越厚，公路交通中断了，之后铁路交通也断了。

当时，我尚在远离故土的一所农村中学任教，学校远离城镇，缩在一个地势低矮的圩子里，距离镇上的火车小站和公路车站尚有六七里的路途。寒假将至，学校食堂也将停止供应饭食，大雪的降临使我返乡度假及过年的计划严重受挫，这意味着，我可能将在那个被风雪围困的荒凉之地度过一个孤独又寒冷的寒假和春节。这对于一个年方二十且远离故土、孤身一人的单身汉来说似乎有点残酷。"留下和我一起过春节吧。"在学校定居的一位老师劝我道。我摇摇头说:"雪,总会停的!"我说这话的时候神情很是坚定。

可是雪还一直在下,没有一点要停的意思,交通短时间内也难以恢复。我只能依仗我的两条腿了。我整理好行李,一大早便毅然决然地启程,走进了齐膝深的雪地。我横下心,决计先走到镇上,沿着铁道一直走到百里开外的那座江城,再搭乘江轮返回故里。这是个大胆的计划,也是个无奈的计划。我走的时候,那位老师来送我,又一再地挽留。我依然回答:"雪,总会停的!"神情还是那样坚定。

于是,皑皑雪地上,留下了我一串串深深的脚印。学校在我身后渐渐远了,化为一堆小小的白色隆起……

白色包围着我。在灰暗天空的映衬下,雪地分外明亮光洁。眼前是无边的白色,似乎永无尽头;恍然之中,世界仿佛都陷入莽莽苍苍的神秘空蒙之中了。

我走上铁路的时候身子已然发热了,我很兴奋,回过头来居高远眺我的学校,视线却怎么也穿透不了溟蒙的空间。我大声说:"我还会回来的,雪,总会停的!"

我沿着铁路继续走着,路基被积雪包裹,像条白色的巨龙朝着江城的方向延伸。这条路我曾无数次地来往,只不过乘的都是绿皮火车。我喘着粗气,听着自己脚踩积雪的声音,数着声音的节奏,感觉这声音有点像火车钢轮辗轨的声响了,于是头脑中开始有了一些幻觉,好像自己仍是坐着绿皮火车在轨道上行进,脚踏雪地的声音压着节奏在头脑中回响,渐渐地,在潜意识里,我开始将这趟特别之旅混同于我之前多次进城的那些孤独之旅了。

"这只是一趟江城之旅,没什么特别的!"我对自己说。于是,时空便有些错乱了,过往一幕幕独自奔波的情景断断续续开始在脑海中闪现……

是的,这条道我跑得太多了,来学校工作一年多时间,遇到节假日,我每每都选择去江城度假,一个人,背着当时流行的"马桶包",乘的都是这条线的火车。这条线上跑的是慢车,每个镇级小站都停,每日各有两趟往返,去江城也不到一小时,这便为沿途的"乡下人"提供了进城谋活的便利;车厢并不太挤,充斥着乡土的气息,一些农民常将他(她)们的土产和水产通过这趟车运往江城销售,同时也将充满乡土味道的谈笑或者争吵留在车厢里。而我,常是孤身坐于窗边,不经意地看快速闪过的已经非常熟悉的风景,而更多的时候是有点木然地听着车轮敲击钢轨的声音。到了江城,我也多是独自行动,每次必去的是城里几个大一点的书店,购几本新到的文学名著,或在一旁的杂志销售点长时间翻看新发行的纯文学杂志,而后便在几条街道上的一些文化音像商店间辗转,挑选新出的流行歌星的磁带……简单地在摊点上吃过饭后,通常是去湖边公园的长椅上小憩,翻阅新购的书。有时,遇到好的电影,也忍不住买票走进电影院,如果错过返回的车次,只得在城里住宿……

记得有一次,我路过中山路上的一家影剧院,适逢电影散场，我看到一位气质高雅的女士从影院出来，一边沉重地走一边揩拭眼泪，显然她是被剧情深深地打动了、感染了！我心想这肯定是一部感人的好电影，我看了一眼海报，知道影院放的这部片子是日本影片《远山的呼唤》，海报上高仓健冷峻而充满男人魅力的神情一下子抓住了我的神思，而女演员倍赏千惠子内涵丰富的表情衬托，又加深了原本就颇具诗意的影名的寓意。我决定要看这部电影，不管时间多晚，也不管会不会影响我的返程。我于是买了票进场，很快便卸下了在城里游走所积累的漂泊感，沉浸在了那种东方式的悠长幽远、含蓄内敛的爱情故事里了。待我走出影院时天色将晚，而我被感动的身心仿佛被某种深沉忧郁的情愫所洗濯；我理解了那位高雅女人走出影院时的眼泪，也似乎更深地体悟了人生漂泊的感觉。漂泊似乎是人生的一种常态？我埋着头往火车站赶，希望能赶上最后一趟返程的火车。返回的路上有点沉闷，暮色降临又归心似箭，乘客大都绷着脸缄默不语。我带着一日奔波积下的疲倦，埋着头静听车轮击轨的声响，车子颤动使身子微微有些摇晃。这个时候，我竟然有了某种错觉，似乎觉得自己置身于电影结尾时的那趟火车里，眼前总浮现田岛耕作和民子在车厢里对坐的身影，身子随车摇晃，眼里噙着泪水，没有一句言语。一些孤寂漂泊的感觉，一些思乡念亲的情绪趁机跳进脑际，带来莫名的惆怅⋯⋯

  那之后，每次独自行在这条铁道上，在车轨声的伴奏下，我头脑中都会莫名地跳出一系列联想，包括电影《远山的呼唤》中田岛耕作与民子于火车上的那些细节⋯⋯

眼下行走在厚雪覆盖的火车道上，在脚踏积雪发出的沙沙声的伴奏下，我又产生了类似的错觉和联想。"这只是一次普通的旅行。"我又一次对自己这样说，一些过往独自行走的片段还在不时地飘来。我回想着、感叹着、品味着这次一个人的艰难跋涉乃至这段时日里的孤独——这似乎是我一年多来生活的主基调——努力咀嚼出其中含有的甜意，借此为艰难跋涉的人生注入一些正能量，使自己不致沉郁下去。我甚至还不断联想起电影中田岛耕作毅然地走向四年的服狱历程，认为那恰是耕作的回归和重生！

无意间，我看到两排银装素裹的树木站在铁道路基的两边，它们绰约的倩影就是一道美好的风景，它们是上苍安排的陪护我冒雪前行的卫士！我激动起来，禁不住唱起了歌，为我这次孤独的跋涉注入能量。

我走着，以树为标志的路在眼前无尽地延伸，时间随着树木在缓慢后退，我感到雪好像在我诗意的联想中渐渐变小了。"雪，总会停的！"我于是坚定了这个想法，同时我的步子似乎也更有力了……

多年之后，我依然是用暖色的眼光回望那次孤独的风雪之旅和那段孤独的时光——孤独并不总是让人低落沉郁的，关键要看能不能为孤独注入能量、带来温度、赋予内涵，甚至让其富有诗意。

2000年6月

花坛

我一直以为，人生之中的"顺境"，其实只是人们所祈求的一种理想愿景，在实际生活的路途中，人们总是在克服一个又一个困难、破解一个接一个难题，不管地位高下、身份贵贱、富裕贫穷，在生活的长河中泅渡的人概莫能外。之所以在祝福语中常有"万事如意""一切顺意"之类的词语，正是因为这样的境况难以实现，祝福语成为人们祈祷幸福的一种符号。

所以绝对的顺境是没有的，相对的顺境则只存在于人内心的感受之中，而感受又依赖于心理的调节和心情的培养。

诚然，人的心境是需要营造的，人的情绪也是需要慰抚的；调节心境，疏抚心绪，可以在广阔的心理土壤上栽培草木，在缺少色彩的心灵角落垒土成坛，让令人心怡的绿映亮晦暗的一隅。

这里，我自然又联想起多年前我在一所乡镇中学任教的日子。那是长江边的一个名叫华阳的集镇，坐落在长江冲积平原平坦而宽阔的胸怀里，人工围垦而成的十多万亩肥沃土地使集镇看上去充满了生机。我在这样的一所镇中学里教书，按说日子应该是平淡无奇的，然而正如前面所言，每一种形态的生活都有其内在的艰辛乃至挑战，只有当你沉入其中并用心面对，生活才会给你丰厚的回馈。

面对误解的时候

我是从外地调到华阳的。在来华阳之前，我在异乡的一所农村中学任教，我是费了很多周折才艰难调回故乡工作的。那时，我的家庭在这个小县城里应该说还是颇有知名度和影响力的，父母都是有声望的领导干部，父亲还是一个大部门的主要负责人。因此，当我奔赴华阳的时候，很多人对于我历经艰难才调回家乡却不能留城，仍要到乡间学校任教很不理解，他们觉得凭我的家庭背景，不应该是这样的结局；只有我心里才清楚，是我们家正统的家教和严谨的家风带来了这个结果。父亲似乎从不善于也不屑于为子女的事去找人求情，从小到大我们经常听到的话就是什么事都要靠自己去努力，不要光指望父母；这是父亲的性格，也是他的操守、他的教子的方式。他常挂在嘴上并引以为豪的是，他的几个子女都是凭自己的本事考取学校谋得工作的，他没有为此动用过任何关系。父母的教育方式，使我们都养成了独立的人格和自我奋斗的性格，从来不会为自己的前程而要求父母去做些什么。所以，当我从大学毕业，我主动要求去了外地工作锻炼；

而当我返回故里,我也没有要求父亲利用其影响和关系为我谋取条件好的工作岗位,而是毅然来到这个江边小镇。

我是带着愉悦的心情来到华阳镇中学的,我并没因为从艰苦的异乡农村调回家乡后仍不能留在城里而郁闷落寞——尽管我非常清楚在乡镇生活工作将面临怎样的环境和条件。然而,生活的复杂常表现在一些突如其来的变故上,我虽然并不善于为一己之事找门子、托人情,但因为我的家庭背景,关注和关心我的还是不乏其人。记得在去学校报到的前两天,我在家与父亲的一位在华阳镇工作的下属聊天,无意中说到我有夜晚写作的习惯,不知学校能否为我单独安排一间宿舍。父亲的这位下属是镇里基层单位的负责人,他说他与镇中学负责人关系不错,他可以去说说,估计没什么问题。然而,当这位负责人把言语变为行动后,却带来了意想不到的严重的后果——两天后我去学校报到时,学校的一位负责人告知我:你不用来了,你的人事关系将被退回县教育局!我当时真是疑惑重重,反复问这是为什么。这位负责人在我再三追问下告诉我,是因为我还没上岗就找关系走门子提要求,以父亲的权势压学校谋私利!他还说,昨天,校长已在全校师生大会上说了:有一个新调来的教师,人还没到岗,就利用他父亲在县里当官的地位和权势,托人来学校讲条件、提要求、图享受,把社会上庸俗势利的那一套拿到学校来了!这样的人我们坚决不要!面对这样的指责,我满脸震惊、满腹委屈!我是那样的人吗?我的家庭有那样的家风吗?我提了什么要求?不就提了希望有一间房吗?如果不能解决也便罢了,为何要上纲上线?我不仅感到委屈，而且感到受了侮辱，他们把我引以为豪的人生价值观强行贴上了势利庸俗的标签。很显然，这里存有很深的误解，但面对指责，我又不知如何解释。我清楚此时的任何解释都是苍白无力的，也是无济于事的，甚至可能带来更大的反感。我想，要改变他们对我的印象只能靠以后我的行动我的表现了，而当前最要紧的就是阻止他们退回我的工作调令，如果调令真的退到县教育局去，那将带来更大的影响。我找到校长，承认自己之前的一些做法不妥，表示放弃一切要求无条件来校工作，并请校领导看我今后的表现。校长见我态度诚恳，自然没有采取过激的措施。不过学校虽然接纳了我，但领导层仍以怀疑的目光看待我，在分配教学任务时，让我承担几个非重点班的课程，我毫无异议地欣然接受了任务。

我很快就驱散了心头的阴霾，带着激情投入新的工作中。我很高兴又能工作了，而且是在家乡工作——我正是受了乡愁的牵引才执意回到家乡来的——我很珍惜这个工作的机会。华阳镇离县城并不遥远，大约只有十五华里的路途，这使我有条件每日早出晚归。我和父母住一起，但我没有把在学校遇到的责难告知父母——我不想给父母增添不愉快——我只是说学校条件有限，暂不能给我安排宿舍。母亲为我买了辆崭新的"凤凰牌"自行车，我每日清晨骑车去，傍晚披着晚霞归。

面对误解，我没有选择抱怨，也没有选择对抗，更没有悲哀和消沉，我相信时间和行动最终会改变一切。这使我能够抱有一种很轻松的心态去面对我每日的骑行及工作。每天，当我在笔直的望华公路上骑行时，路的两旁连片平坦而又开阔的绿油油的棉地带着肥沃田原清新的气息扑面而来，令我顿感胸舒气朗，心旷神怡；夏秋季节，棉棵纷纷绽花吐絮，无数粉红和乳白的花朵点缀在繁茂的绿叶之间，真令人赏心悦目！在我眼里，这人工围垦的四合圩其实就是一个十几万亩的巨大花坛。每日置身这样的氛围，带着这样的心情投奔自然，内心怎么可能还存有郁结呢？

于是我不再纠结于校领导对我的不信任，而是专注于自身的计划安排，课后把骑行当作一种放松和享受，晚上在家认真备课和批改作业。我真的是在享受这种生活方式，在学校主动为我解决了宿舍问题之后，我还时常专门在望华公路上骑行。

面对奔波的时候

对不利事态超然的态度，使我摆脱了一切杂念和烦忧，把主要精力都用在了教学上。尽管已有几年的教学经验，但我一直没有放松备课环节以及对教学方法的探索。我努力寻找生活中蕴含物理现象的事例，尽量用通俗生动的语言和随手可拾的例子来演绎和讲解物理现象、解决物理课题，极大调动了学生学物理的兴趣，课堂氛围及作业完成情况均令人十分满意。一年之后，我所带的毕业班，中考物理成绩非常出色，平均分甚至超过两个重点班。与此同时，我以自己的敬业精神彻底改变了领导与同事们对我最初的印象。校领导每每谈到对我的印象时，常引用作家柳青《创业史》中的一句话："出水才见两腿泥！"而之后的几年，学校在安排课程时，都把我当骨干来对待了。

在这个时期，我人生的收获更是丰富的。我将生活感触写成散文，陆续在省、市报刊上发表，引来连片的赞语。同时，我还收获了爱情，幸福地步入婚姻的殿堂；随后我的孩子降生了，我幸福地成为人父，在沉醉于天伦之乐的同时也感受到了一份沉甸甸的责任。

为了能让妻养好月子，我不得不将妻儿送到离学校十多里远的一个叫"白沙"的乡卫生院——我岳母工作的地方，岳母是那一带有名的乡医，尤其在妇幼科方面经验丰富。但这一举动使我必须面对一至两个月艰苦奔波的生活。这似乎是无奈之举，因为我的父母都是在职领导干部，我自己也承担了繁重的教学任务，都在忙工作，难以承担带孩子搞服务的任务，只能请求岳母挤时间来照料了。而作为丈夫，作为一个刚升格为父亲的人，每天忙完工作之后，尽可能多地来到妻儿身边，给予力所能及的照料与关怀，不仅是责任所系，也是情之所系、心之所向。因此，只要时间允许，我都会骑自行车往返于白沙和华阳之间，有时早出晚归，有时甚至一日两个来回。

奔波的确是辛苦的，连接两地的路都是并不平坦的沙石路；尤其同马大堤堤脚下的那条沙石路，常被淤积的水浸出大大小小的坑凹，骑自行车每日在这样的路面上颠簸十几里并不轻松，甚至可以说是很艰难的。很多人面对这样的日子难以坚持，至少是多有抱怨的。而我并没有埋怨生活及命运在我人生的紧要处所做出的这种苛刻安排，也没有诸如人生艰难、时运不顺之类的感叹和感伤。我把自己的身心全都投到大自然中去，在欣赏和拥抱自然中调好思维的航向，不让其滑向周而复始不断抱怨的泥潭；同时滤去思想的灰尘，让心灵沐浴春风、充满阳光。

正值阳春三月，野外鸟语花香。天气晴好的日子，我大抵都选择在江堤上骑行。暖融融的春阳里，崴巍的大堤逶迤地向前延伸，随着车轮的滚动，眼前不断涌来迷人的风景。堤的外侧，是滚滚东去的长江水，壮阔的水势让人眼界开阔、心胸开朗；有时，成排的意杨林闯入视野，挺拔的立姿筛割你看江的视线，仿佛她们绰约的倩影投在以江为背景的水幕之上；煦煦和风拂树叶发出细微声响，音乐般令人陶醉。有时，连片的江滩带着春的色彩展现眼前，江滩上有附近农人种的蔬菜以及野生的芦笋，还有零星的野花点缀其间；间或有悠闲的钓翁独坐江边，独钓一江春色。有时，经过一个不小的长江外护圩，进入眼帘的是连片平坦的黄绿色的春的田野，黄色的是油菜花，绿色的是小麦，黄绿错落地向远处铺展；此时，再看堤的内侧，大片平坦的田野上油菜花盛开，浓烈的金黄扑面而来，簇拥着长龙般连绵的农舍。此时骑行在江堤上犹如登高望远，逶迤的大堤如一条巨龙悠然游走于花海中。面对诱人的景色，我有时还故意停下来，将自行车放倒，坐在大堤一侧的草皮滩上小憩，既为卸掉疲劳，也为专注静心地欣赏春色田原和春江水景。

当然，也有风雨交加的日子，在堤顶路面难以骑行，我便只能在堤脚狭窄且坎坷的沙石土路上骑行了。身披雨衣，躬身蹬车，这个时候的骑行诚然是艰难的，但我仍不忘观察雨中景象。

我注意看树的枝叶与风雨搏斗的姿态及这种搏斗所带起的雨烟，也留意雨珠敲击黄花青禾的情形及经受敲击之后花禾所产生的改变；如此，似乎给风雨中的自然赋予了些许诗意，同时使人忘掉了风雨兼程的艰辛，只感受到大自然的丰富与壮观。

这种时候，拉开的胸怀里，还藏得住怨气和伤感？

是呵，当你放开心胸拥抱自然时，世界在你的眼里就是一个花坛，你就会很自然地把身心融入花坛……

面对难题的时候

难题出现在我带着妻儿返回华阳中学之后。

妻带着孩子在白沙卫生院休养了两个多月，我的每日奔波也坚持了六十多天，妻儿养得很好，到了该返校的时候了。于是我们回到了学校，将我俩所拥有的两间单身宿舍合起来，按一个小家庭必备的功能重新布置安排，过起了紧张忙碌的生活。妻既带孩子又洗衣做饭，我一面完成繁重的教学任务，一面承担采买、跑腿、帮助照料孩子等家务。这样的日子，就像上紧了的发条，始终绷得紧紧的。尽管日子是紧张忙碌的，但因妻子还处在产假之中，我们好歹还能依靠自己的能力和可支配的时间把日子一天天推进下去，忙并快乐着。

真正的难题出现在妻产假期满、恢复上班之后。我俩都承担了很重的教学任务，而孩子已有六七个月了，睡眠时间少了，更加需要人的呵护，带孩子的压力明显加大。由于缺少经验，请保姆的事没有及时跟上，导致两人都有课的时候常常手足无措，不知把孩子安顿在哪里。不得已，我们只能四处托人请保姆。但那时，妻子的身份还是代课民师，工资很低，我的工龄不长，工资也不高，因而我们能给出的保姆工资也就不高，没什么吸引力。另外，那时农村中学的条件都不好，甚至可以说很艰苦：我们的小家总共就两间十来平米的小屋，一间作我和妻儿的卧室，另一间做厨房，保姆只能在厨房里用木凳和木板搭个简易小"床"将就一下，每日睡在煤炉浓重的气味里。这样的条件，要想请个好保姆其实是很难的；不仅难请，更难留，请来的多是毫无经验的半大的孩子，多则半年，少则三个月就吵着要走，一旦走了，新的又一时接不上，我们便只得面临孩子无人带的困境。这种时候，我和妻子只得找人调课，尽量错开上课时间，利用课余时间轮换着带孩子。实在调不开了，便只能将孩子草草地丢在摇篮里，待上课回来，看见孩子哭得满身是汗，我们顿感愧疚难当！特别是到了上晚自习的时间，学校规定带班教师都要上堂辅导，一周六个晚自习，我和妻子难免会遇到同时上的情况，这种时候我们便煞费苦心将讲课辅导的时间调开，以便各自腾出一半的时间回家，保证孩子有人看。

这的确是一段艰难的过程，跋涉于这样的过程中，你需要有足够的心劲和耐力，还要有笑对生活的态度；否则你将会被牢骚所控制，不停且无用地怨天尤人。

好在我并没有被难题所左右，我跳出了难题看难题，把它们看成生活的组成部分；我甚至以为，日子其实就是由一个接一个的难题排列组成的，人生就是在解决一个接一个的难题中推进、深化的。就像公路上的一辆小车，只有超越前方的一辆辆大货车，才能实现快速前行，否则只能永远被货车压在身后；而小车的前方，始终、随时都可能出现另一辆大车——只要你的旅途没有终结，这样的过程便会一直持续下去。

我于是只专注于思考如何设法解决问题，并享受着一个个难题解决之后的快感，并不去想我的生活为何是这个样子。这使我能够以放松的心情安排和组织我们的并不轻松的生活。白天，在完成课程任务后，我愉悦地抱着孩子在校园里转悠，有时托着儿子的小屁股，让他脸朝外，让儿子也看看球场上的热闹、感受校园里的生气；有时让孩子趴在肩头，与还不会说话的孩子悄悄说着话，或哼一首儿歌，孩子常常就在我的肩头进入梦乡。到了晚上，孩子睡了，我一边摇着摇篮一边批改学生作业，直到夜阑人静。

为增添生活的乐趣和情调，排解日子的紧张和沉闷，我突发奇想，抽空在宿舍前面的一块空地上，用一堆废弃的红砖围起了一个花坛，在里面种上了月季和洗澡花。花苗成长很快且长势良好，很快便进入了开花期：月季每月都开，花朵鲜艳夺目；洗澡花繁衍很快，每日傍晚开放，各色繁密的喇叭形花朵争相斗艳，煞是好看。我时常抱着孩子来到花坛边，欣赏花坛美色，有时也拉妻子一同观赏我们亲手设计的这一片小小园地。令人欣慰的是，这寒碜的花坛在夕照下或月光里竟很富有诗意，花朵在风的吹拂下瑟瑟摇曳，散发出馥郁的馨香，像在齐唱一首无声的歌……真的，我们时常被这景象所陶醉，被自己的这片小小园地所陶醉，心中的郁结也随风飘散了！与此同时，我仿佛觉得，这花坛好像在扩展、放大，使我们——不仅仅是我们——都置身其间，共同为日子更美好而努力，而忙碌！

是的，心中的花坛其实是需要自我发现、自我设计、自我培育、自我欣赏的——这是在华阳四年的生活教会我的东西。

当我写下以上文字的时候，已年过三十。古人云，三十而立。是的，华阳的工作生活经历，的确为我提供了"立"的平台和"搏"的机遇！

华阳，这个充满阳光、饱含暖意、土地肥沃的地方，在我的人生中的确有着特殊的地位和意义：我在那里成家立业，我在那里成为人父，我在那里开始发表文学作品并出版了我的第一本散文集。不仅如此，那里的生活还让我学会如何垒建花坛，教会我不管面对什么境况都要努力培育心中的花坛；学会将生活的成果和经验化作鲜花装点花坛，将生活里积累的苦涩化作肥料滋养花坛；学会将花坛的清香化作甘露去滴灌心田，用花坛的艳色抹去心底的晦暗。总之，我学会了发现生活之美、消化生活之愁和感知生活、欣赏生活、享受生活的方法。

人人都有自己的小小园地，然而人人心里都应有个更大的花坛！

2000 年 9 月

不惑之年

近来,我频繁出席同学为庆贺孩子考上大学而设的喜宴。面对着那一张张熟悉的沉积了岁月风尘的面孔,聊着一个个关于子女教育的话题,这时候我突然感觉到,我们这一茬人真的已经不再年轻。

是的,已经四十岁了,不知不觉间就已经走进了一个似乎令我还很陌生的人生时段——在我们还没有完全做好准备的时候。古人云:四十而不惑。也就是说,就年龄而言,面对人生,我似乎应当"不惑"了。然而,当我审视自己的时候,我的眼前却堆积着成串的问号……

那天,文友一阳兄来我处,告诉我他已辞去了眼前的工作,准备赴外闯荡,特来向我告辞。我被他的言语震惊了。他长我两岁,自然正是上有老下有小的角色,他怎么能够甩脱得开?再说眼下他并非到了没有出路的时候:他是一家目前效益还很不错的企业的中层管理人员,月薪较之于本县其他职业来说还很是不菲！为何要将自己逼到一条前景并不明朗的险路上去呢？他却说，他只是为了谋求一些改变，寻找一次人生转折的机遇，他无法忍受自己就这么庸碌地过下去！而我和其他文友都感慨道，你都已经四十多了，还能指望有什么转折呢？他却说，不下决心打破眼前，的确就难有什么机会了；只要你内心想改变，你就有机会，也才有机会。至此我才发觉，我和一阳兄在对待人生的态度上的确有些不同。

我非常钦佩一阳兄，因为我知道迈出这一步需要怎样的决心和勇气，感佩他人到中年还像年轻时那样有激情有热度。我喊来了永东，以二十年前我们初识时一醉方休的方式度过了充满浪漫和激情的一天；我们的思维在酒精的作用下都不约而同地变得跳荡和飘逸起来；我们在"东方红"飙歌城高唱着《爱拼才会赢》《敢问路在何方》等歌曲，一个个都像是才二十出头的小伙子，言语间透着与一阳兄一样的豪情。然而，当酒精散去，我们各自回到家中之后，我的思维又自然而然地回到了现实"理性"的轨道上——一种不惑之年的男人的"理性"。

其实，就内心而言，我的确也曾有过一阳兄这样的念头，特别是在于生活中碰壁的时候。然而，每次都在"三思"之后放弃了念想，因为更多地顾及家中的妻儿老小，更多地考虑了外出的风险和结局的不确定，男人肩上的责任使我于不知不觉间就丧失了改变和开拓的勇气。

当然，这也并非我与生俱来的秉性。回想年轻的时候，我也曾有过果敢的举动。那时面对一件事或一项选择，即便是攸关人生前途的重大抉择，我似乎也是更多地凭借自己的志趣和情绪，很少考虑今后和结局。记得当年我大学毕业分配时，父母已经在家乡为我找到了较为理想的接收单位，然而未经世情却一心向往外面的世界和自由生活的我，抱着凭自己的能力到外面独自闯一闯的信条，毅然在志愿上填上服从分配，结果被分配到异乡的一所艰苦的乡村学校教书。尽管是抱着热情前往的，但后来，严酷的现实还是将我的激情和幻想一点点蚕食掉。于是，四年以后，当我拖着瘦弱的身躯背着沉重的行李返回故里时，我已经学会了三思而后行，学会了以理性的目光看待生活和社会。随着年龄的增长，渐渐地，我变得沉稳了许多，特别是在面对问题、面对抉择的时候，没有了草率，没有了莽撞，没有了感情用事，变得谨小慎微甚至患得患失。这种思前想后的过程是极为理性的过程，这里面透着人到中年时特有的持重和成熟。然而，照直说，却也缺少了某种谋求改变的勇气和激情！是啊，"态度决定道路"，像我这样，目前只能坚守一点什么，不会再有什么创造了，也没有激情和挑战命运的勇气了！

现在，我多么希望自己还能有一次年轻时那样的抉择、那样的激情！

如何激活自己那颗越来越趋沉静甚至封闭的心？

站在四十岁的门槛上，面对越来越陆离的生活，已届不惑之年的我，却有了越来越多的困惑……

2005 年 12 月

知天命

　　不知不觉就已过了五十岁的门槛，蓦然回首，禁不住惊呼，自己怎么已经这么大年纪了呢？时间啊，时间都去哪里了呢？惊诧之余，自然而然又盘点起人生的库存，怀旧与慨叹便成了这时期的主旋律与主基调。怀旧与慨叹常发生在收到同学为孩子结婚发来的举办宴会的请柬时，发生在老同学聚会交流时，发生在整理老照片和以往发表的文章时，发生在伫立于镜前，看到自己霜染两鬓的容颜时……

　　然而内心终究还是沉静淡然的，仿佛一切浮华与躁动都随日子流淌而去了，一切的酸楚与欣悦都已沉淀于满脸的风霜之中了。

　　是的，诚如古人所云：五十而知天命！虽然这是古人一种大雅的说法，却颇具哲学意味地给这一年龄段的人以某种思考人生的提示，带来和煦的暖意和融融的温情。

五十而知天命，首先是对生命的珍惜。经历数十载风雨的洗濯，生命已失去了年轻时的朝气和活力，而是带着长年积累的疲惫负重前行，却依然要迎接日子的重重挑战，不免常常显得心力不足。生命似乎已不能按思想的轨迹去奔跑了，亦不能很好地围绕理想去旋转了，而是被动地按照生命自身的规律去行进。而与此同时，由于在漫长的人生历程中见过太多生命之舟的搁浅、生命光彩的褪去，听过太多生命疲惫的呻吟、无奈的叹息，似乎更能听懂生命痛楚时的呼喊和生命超载时的喟叹。因此，所谓知天命，首先就是以五十年人生阅历为基础，让我们更真切地感受到生命之可贵、生命之脆弱、生命之有限；让我们学会放下、学会放松、学会放飞，放下生命过载的负重，放松生命过多的捆绑，放飞生命过繁的杂念！重视生命不堪重负时的警示，重视生命器件老化时的维修，重视生命疲倦时的呵护。不要等到生命垂危的时候才猛然意识到生命之可贵，才放弃以健康为代价的拼搏；不要等到生命之舟搁浅的时候才猛然意识到生命之脆弱，才扔掉那些拖累生命的过多承载；不要等到生命遭遇风雨而摇摆不定的时候才猛然意识到生命之有限，才放下争强好胜之心，匆匆忙忙为羸弱的生命寻求一个避风之港、躲雨之棚……

五十而知天命，其次是对命运的理解。人人都有自己的命运，人人都企盼有好的命运，然而，不是人人都能平静、坦然地接受命运、理解命运，于是便多有怨天尤人、悲叹命运的现象出现，甚至还有逃避、放弃人生的悲剧产生。孔子所言的"知天命"，并不是说人要知道自己现世现时的命运，而是让人去理解命运，乐天知命。"顺乎天而应乎人"，服从客观规律，虽仍尽心尽力努力作为，但不再企求结果、追索回报。人过五十，已知人生奋争之艰、理想实现之难，不必再计较"得"与"失"，得不喜形于色，失不悲天怨人，知足常乐；人过五十，遍尝人生百味，惯看秋月春风，不再纠结于"顺"与"逆"，乐以忘忧，笑看境遇，相迎必须面对的一切，相送无以挽留的一切，淡对个人荣辱，接纳酸甜苦辣；人过五十，多历功过是非，人生积淀厚实，不再在乎"功"与"利"，按照自己的心意去谋事，遵从自身的能力去行事，做自己该做的、能做的和喜做的事，不再去想取得什么功名和利益。联想自己，现在写下新作后，已不像年轻时那样急于发表追求喝彩，而是让其沉淀下来，用时间来检验它的醇度；面对仕途的变迁，也不再在意世俗的价值评议，更多的是顺其自然，在意的是内心的感受。

五十而知天命，再次是对责任的担当。毫不含糊地担起工作的责任，珍惜老同志的威望荣誉，尽显老同志的担当精神，以一颗尽责之心扛起属于自己的任务，不推诿塞责，不考虑回报，不留人口实，坦然接受事业上的酸甜苦辣。尽心尽力担起家庭的责任，挑好"上有老下有小"这副沉重的担子，珍视半世积累的家庭成果，体现家庭主人翁精神：对上，遵循传统孝道，尽最大努力细心照料好老人，不留下任何遗憾；对下，遵循中华优良教育传统，完成好对子孙的教育引导，扶正苗木，不留下任何缺憾；对爱人，遵从携手互敬之传统，倍加珍惜数十年携手得来的"银婚"成果，让"少年夫妻老来伴"这句传统老话落实在一片温馨、坚实且堆满果实的基地之上！树立形象，担起社会的责任，以成熟的有公信力的形象展示一位年过半百的社会人厚积的修养，完成好文明社会赋予一位已届天命之年的准老年人的责任和义务。

"未觉池塘春草梦，阶前梧叶已秋声。"春来秋去，草木枯荣，五十载春秋，光阴荏苒，似水流年，匆匆而逝。迈入知天命之年的人们，容易生发朱熹老先生诗句所流露的"人生苦短"的无奈和惆怅，然而孔子所言的"知天命"，却让我们不要过多慨叹韶华不再，而应去理解、追寻"春华秋实"的意义和蕴含，从容、坦然、无忧地去把握当下的每一个日子。

"自古逢秋悲寂寥，我言秋日胜春朝。"唐代大诗人刘禹锡遭贬时写下的这诗句，我以为倒是"知天命"应有的心态和境界。过往的拼搏、耕耘，带来今日的收获和仓储。虽然我们的心湖不再涌动波浪，却拥有一个可泊巨轮的温馨港湾；虽然我们的梦想不再烂漫，却拥有一本内容充实的人生相册；虽然朝霞之美丽仍令我们向往、赞叹，但夕晖的精彩更令我们自豪、陶然。春天的确是生机盎然、艳美奔放的，但秋天不也是天高气爽、果实飘香的吗？

在我从容迈入知天命之年的时候，像是受了什么启示和召唤，我打开了人生的"仓库"，从中寻找并整理一些自认为有价值的东西。我整理出版了我的第三本集合我对社会、人生的思考的文学作品集，并定名为《秋雨》，而正当这本书在全国各书店、网站热销时，我恰又接到组织上调我去做老年工作的调令。这似乎是一种巧合，但我更以为这是与命运的一个约定，是人生接续努力的一种机缘。

2017 年 6 月

水草茂盛的地方

并非只有优裕的生活才能给人留下深刻的记忆,往往那些清寒的、简陋的甚至艰辛的生活经历,更能让人铭记于心、历久难忘。譬如,十多年前,在那个水草茂盛的城郊所经历的一段日子,就让我十分难忘。

那是一段为期不足三年、带有某种临时性的生活,为给儿子陪读——为我们唯一的孩子创造冲刺高考的良好条件——我和妻子从城中心搬到城郊一处暂借来的简陋平房里居住,那儿紧挨着儿子就读的省级重点高中,每日可为儿子省下大量赶路的时间,而且还为儿子求教于老师带来很大的方便。正因如此,城里不少人家都采取了类似举动。

然而,毕竟是临时行为,房子又处在城郊,生活条件确实是极简陋的:床是用几张条凳支起几块竹条板铺成的,临时添购的小尺寸彩电就搁在两只方凳之上,人坐在一只小矮椅上,依着床边支撑蚊帐的竹竿，就那么有滋有味地看电视，或者独自在局促的房屋里就着昏黄的光线投入地阅读。没有卫生间，要方便相当不方便。厨房里也因抽油烟机常出故障，让人被油烟呛得连连咳嗽……

　　日子如此简单，却留给了我很深的印象和轻松愉快的感受。那时，我刚从繁忙的领导岗位上退出来，回到县文联从事我喜欢的文艺工作，基本处于一种超脱状态。不关心谁升了官、谁发了财、谁得了势，也无须为某种功利目的而卑躬屈膝、委曲求全。清晨被学校的广播《快乐老家》所唤醒。闲时走进田园、放开心胸，与真实的大自然很近，与淳朴的原生态很近，与自然风景及水草的对话也更容易、更真实、更融入。

　　走出房门不多远就是连片的耕地，泥土及青禾的清新气息和芬芳被原野的风带过来，牵动人的感觉和心绪。每当晴好天气的傍晚，我都会禁不住走出屋门，沿沟渠的堤坝、田地的堤埂漫步，把心胸和思想完全放开，交给自然，充分地拥抱天空和土地。有时，伫立地头，专注地看一些叫不上名来的野雀在新翻垦的土地上觅食，常常为跟随某只色彩艳丽的鸟而走出很远；有时，在沟渠边小憩，采一枝叫不上名来的野草野花于手中玩耍，看青蛙、水鸟甚或水蛇在茂密的水草里出没，感受着自然的本真和纯朴，感觉真实的自然生态是如此之美好！特别是在节假日，我经常一大早就出门，一个人走得很远，沐浴原野和煦的风和暖融融的阳光，乐不思返，一直走到田原尽头的那条杨溪河边。这水草茂盛之地土地肥沃，空气湿润，阳光把清新的气息逼进了体内。我在这水草茂盛之地或静坐，看远山、看近水、看水草；或垂钓,独享一河波光粼粼泰然缓流之清水,体验着"山静松声远,秋清泉气香"的意境。这是在城里蜗居者所无法体验到的感受,这是在城里久居者所淡忘了的感受——一种久违了的美好的感受!这感受给我带来诸多的联想,甚至超越了时间和空间。

我常常联想起很多年前,我在异乡一个叫响水涧的地方生活和工作的情景。

那也是一个水乡,一个水草茂盛的地方,它那带有独特神韵的名字给它蒙上了一层诗意的神秘。这条诗意的山涧处在浮山的东麓,那里雨量充沛,溪水潺潺。尤其雨天,众溪汇成瀑布,湍流而下,发出的水声极为独特,"咚咚锵锵",犹如神仙敲响了几面巨大的鼓锣,响声清亮,山鸣谷应,颇具勾魂摄魄之魅力,因此而得名"响水涧"。当年的响水涧属浮山乡,我所任教的浮山中学与之正对,相距也不遥远,每日看到浮山脚下水雾氤氲,仿佛整座山都浮于雾气之上,想象那里必有诸多诗意的景观。

我在那里的生活同样也很简陋、清寒,然而也因为我找到了一种与自然交流对话的方式,孤寂的心灵在诗意的山水间得到慰藉、充实,那里的生活同样给我留下了深刻的记忆。

平坦、开阔、湿润、多彩是这片江南水乡田园的特点;连片的田地与弯曲的河渠交缠铺展,大大小小形态各异的池塘点缀其间,构成极具神韵的图画,展示大自然的神秘与美好!走在堤坝上,走在阡陌上,随时都能嗅到泥土及草木的清新芬芳。通常,在春天的某个节假日晴好的上午,我会带着一本文学书,独自走进原野,走向旺盛的春的怀抱,常常于不知不觉间就走上了那道从学校后面绕弯而过的河堤；河堤两侧披着草毯，平缓的河滩上，无规则地站着几棵垂柳，茂盛的水草悠然地伸向水中，随舒缓的风轻轻摇曳，阳光里，几只白鸥悠闲地盘旋。眼前的景致无须创作，便是一幅难遇的画作。此时，我被眼前的景色感染，干脆坐在或躺在草毯之上，悠闲地翻开书本，似读非读……这情形至今记忆犹新。

正因如此，那些简朴的日子，不仅没有在我的记忆之中消退，相反越来越清晰，它使我由衷领悟了十九世纪美国文化巨匠亨利·戴维·梭罗所著《瓦尔登湖》的深远意义，领会了梭罗作为"简朴生活"的宗师所提倡的"回归本心、亲近自然"的真切内涵。

是啊，水草茂盛的地方，它把大自然的质朴之美不加粉饰地展现于我们眼前，让栖居于此的人变得与大自然一样朴素、真实，过简单而又富有诗意的生活，获取人生美好的体验。

水草茂盛的地方，它使久居者心静如禅，远离尘世的喧嚣，远离世俗的争夺，远离奢侈和贪婪；把简单的生活变得富有，使清寒的日子变得温裕，让艰辛的日子充满愉悦。它让被都市的喧嚣侵染的心灵得到放松，让被世俗欲流泡得疲惫的心灵得到超脱，让干燥的心灵得到滋润。

难怪我觉得，"陪读"的这三年，竟是我心理压力最轻、心灵最为放松的时光；响水涧的四年生活，也是我最愿回望的人生经历。

2017 年 5 月

书缘

我从小就与书有缘。

不过,我童年和少年时代喜欢的书,是那种被称为"小人书"的连环画,我们的土话叫"画书"。那年月正值"文革"时期,似乎并不讲求让学生们读很多书,书店里的书也很少,常年就只有《红星照耀中国》《金光大道》《艳阳天》等几种,可供学生阅读的课外读物就更少了,一些小人书倒是很吸引我们这些孩子。我很痴迷那些画书,时常找人借阅,或者用自己捡碎玻璃和废铜烂铁等废品卖得的钱去买,常常会因为手头有几本小人书而在小伙伴们面前自豪地显摆。久而久之,我那放书的纸箱里,也积累了数十本画书,诸如《鸡毛信》《一支驳壳枪》《智取威虎山》之类,我珍惜地将它们拢在一起,形成了一个小小的书库,也算是我人生的第一批藏书吧。

上中学以后,学校条件好了很多,有图书室,可为学生办理借阅。于是,喜欢书的我便成了校图书室的常客。不过那时的图书室藏书不多,自己想要的书常找不到,只能由图书管理员"派书"给借书的学生。尽管这样,我还是有幸在中学就读了《钢铁是怎样炼成的》《林海雪原》《红岩》和《水浒传》等名著。喜欢读书,当然有益于语文课学习,我的语文成绩便一直很好。在高中一年级时,学校组织了一次作文竞赛,我获了奖,学校给的奖品是一本名为《中国古代科学家的故事》并加盖了公章的厚书,这令我很兴奋,那本书我一直妥善保存至今。

考入大学后,各方面条件自然更好了。大学图书馆藏书丰富,既有借阅点又有阅览室,我自然又成了学校图书馆的常客。阅读和做笔记通常是并行的,书中一些好的句子和精彩的段落,我都会及时摘抄到笔记本上,如读到车尔尼雪夫斯基的《艺术与现实的审美关系》、黑格尔的《美学》等名著时,我都做了大量笔记,有些甚至整章节摘录,两年时间竟积了四大本读书笔记。此外,在大学期间,除了在图书馆借阅书籍,我有时还特意到市区新华书店去看书,因家中每月也还寄给我少量生活费,从中抠一点下来购书也是常有的事。当然,那必须三思而行,所购之书一定是我特别喜欢特别需要且有长期保存价值的。如《九三年》《茶花女》《红楼梦》等一批名著,都是那个时期用节省下来的生活费购买的。

大学毕业之后,我被分配到异乡的一所农村中学做了一名中学教师。走上了工作岗位,当然就有了工资收入。记得我第一次拿到工资时是非常兴奋的,尽管工资不高,只有三十七元钱,但毕竟是有收入能够自食其力了。拿到工资的第二天，正好是星期天，我高高兴兴地坐上火车进了芜湖市，除了买两件生活日用品外，主要目的还是去市新华书店买书。我在店里待了一个多小时，翻阅了一些名著，最后花去将近十元钱，一口气买下了六七本书放进了包里。当我背着沉重的包回到学校时，内心是充满欣悦的，因为几本我一直渴望拥有的名著如《红与黑》《悲惨世界》《巴黎圣母院》《当代英雄》《驴皮记》这回终于买到手了，尽管用去了我将近三分之一的工资。从那以后，每月领到工资后，我都要去市新华书店。我记得，当时人民文学出版社和上海译文出版社联合推出一套"外国文学名著丛书"，几乎每个月都会有新书出现在新华书店的售书柜中。每次去书店，只要遇见这种版本的名著我一定要买下，不管价格多高，我决心将这一版本的名著都买齐，作为我此生的重要藏书。从那时起，藏书意识开始在我头脑中滋生，并渐渐扎下根来。

在异乡农村中学工作四年，我没有留下什么积蓄，没有添置什么值钱的家具、电器，也没有添置什么高档的衣物，却积下了两大书架各类书籍和几大堆当代文学刊物。可以这样说，这四年，除去最基本的生活开销外，我几乎将全部工资收入都用到买书和订刊上了！四年以后，当我将要调回家乡工作时，我所面对的最大难题就是如何将这么多沉重的书刊运回家乡去。幸好母亲帮我解决了这个难题，她从家乡雇了一辆卡车过来，将我这里大堆的书刊运回了家乡。记得当时车上除了书刊和两床棉被，几乎再无其他可值一提的物件。

回到家乡，我先是在一所农村中学任教，后又改行去了行政部门。但不管环境怎样改变，我与书的关系始终是那样紧密，购书藏书的热情一直有增无减。在收藏了许多外国文学名著之后，我又将藏书的重点转向了中国文学名著，既有古典的，也有现代的；到宣传部门工作后，我又将购书范围扩展到社会人文领域。这无疑是一个庞大的计划，我当然只能根据自身条件，择其精要，尽力而为。这期间，父母兄姐曾提醒我要开始存点钱，为将来成家做点准备，但买书藏书已成为我难以改变的习惯。我先后三次请木匠打过书橱，藏书规模一直在扩大，书房中的墨香也越来越浓郁。

我并非想要成为一个知名的藏书家，我清楚以我的经济实力和物质条件确实做不到。我只是喜欢书，喜欢阅读，喜欢收藏，喜欢书的那种清香，喜欢书房中的那种知识的氛围。这似乎是与生俱来难以摆脱的情愫，此生真的与书结下了不解之缘：从读书、借书，到购书、藏书，再到后来的写书、出书……

五十年人生精力的主要部分都倾注到"书"上了，生活中其他方面的乐趣似乎与我无缘，我没有玩牌的习惯，没有对弈的嗜好，也没有垂钓的同伴，更缺乏投资理财的能力。留下来的，只是那八大书橱近六千册的图书，还有出版社出版的几本个人作品集。

不过，几十年来，我一直都很享受这样的生活。2014 年，我通过积极参评，荣获了"安徽省首届'书香之家'"称号，这是我获得的一项最有意义也最让我看重的荣誉！

沉迷于书香，虽然让我丢失了生活中某些方面的乐趣和收获，但给我带来的收益也很多很多，诚如我在向省"书香之家"组委会申报参评理由时陈述的那样：读书增长了才干，使我在工作和生活中的口头表达能力、文字组织能力、逻辑思维能力等都得以增强，从而增强了生存竞争能力；读书陶冶了情操，使我在获取知识的同时开拓了眼界、开阔了胸怀，个人修养和审美情趣得以持续提升，在生活习性养成、价值观取舍、社会现象判断、审美鉴赏诸方面均注入良性高雅的成分，提升了生活的品位；读书激发了创作，使我在欣赏、品味优秀精神食粮的同时，精神得到陶冶，同时激发出创作的动力和灵感，提升了创作的品位；读书优育了子女，在家庭书香的熏陶下，我的孩子也养成爱读书、爱学习的习惯，同时养成向善向上的良好品性，相信他会有美好的未来……

　　最后，我想引用安徽文艺出版社的这句话：阅读改变人生，文学照亮未来！

　　大家都来与书结缘吧！

2016年3月

投稿的乐趣

现在，每每回想起二十世纪八九十年代，我所经历的那段胸怀文学梦想，沉迷于写作、热衷于投稿的日子，内心还会生发诸多感慨。

我们这拨文学青年，是受到改革开放后出现的"文学光环"的吸引而走上文学之路的。那时，"文化大革命"结束不久，思想的禁锢刚刚打开，文学思潮汹涌澎湃，文学的社会关注度很高，作家广受社会敬重，文学作品的影响力远超其他艺术门类作品，一篇力作或能改变一个作者的命运。青年人纷纷抢戴"文学的光环"，将"爱好文学"填在各种表格上，这一爱好几乎成了青年人有志向、有品位的象征。于是，文学作者队伍迅猛壮大，纯文学期刊也如雨后春笋般涌现，整个文学界一派繁荣景象。

不过，文学队伍的庞大，势必带来文学创作稿件的拥挤。尽管文学报刊数量不少，但发稿难问题依然严峻地摆在作者们面前。如何投稿，似乎也成了一门学问。

尽管如此，却并没有影响我的投稿热情，因为投稿毕竟是作者个体思想转化为社会成果的必经之路。每一次的投稿，都是一次希望的推动、激情的促动、精细的策动，并伴之以焦躁的等待，获得或喜或憾的结果。这一过程，既是艰苦的，又是快乐的。

是的，任何的拼搏和努力在伴随着艰辛的同时也都蕴含着快乐，投稿之于我也是如此。

投稿承载了我的创作之乐。我是在异乡的一所简陋的农村中学任教时开始我的创作实践的。我所写的每一篇稿子，都饱含心血，融入了我的思想感悟和人生体验。当一篇作品写好了初稿后，我会让它略作沉淀，然后再一笔一画地在方格稿纸上誊清，这才算从内容到形式上全面完成了作品。这个时候的作品，好比是我一手拉扯大的孩子，我需要给它在社会上找个位置，并希望得到社会的认可乃至赞誉，这一切都需要通过投稿来实现。于是我把思想的结晶、劳动的结晶同时也是快乐的结晶交给了"投稿"，希望它能将我的思想我的快乐载给所有的人。为此，我高度重视对投稿的每一次设计，我会认真而慎重地思考报刊用稿特点、题材取向和栏目设置等，经反复推敲才最终确定它的落脚地，努力让稿件被采用的可能性达到最大。当这一切都决定之后，我还不忘给并不认识的编辑写封信，陈述自己的创作意图等，以期引导编辑的价值判断。将信夹在稿件中，一丝不苟地制作信封（那时的农村中学没有大信封），用规矩工整的字体书写地址，妥善地将稿子塞入，封好信封并贴上邮票。完成这一切后，把待投的邮件放在书桌上，然后吸着烟，眯着眼望着它，内心涌动的是一种难以言传的快意。

投稿寄托了我的念想之乐。当我把书写工整、内装稿子的信件投入邮筒或者交给受理快件的邮局工作人员时，我的心情犹如父母送子女上学或参军一般，寄托了厚重的希望和美好的祝福，从此便拉开了一段又一段的念想。每日，我对邮递员的身影格外期待，总希望他那个绿色的大邮包里，装着一封或几封由编辑部寄给自己的信件。那个时候，尽管文艺期刊来稿量大、不堪重负，但各编辑部还是坚持了通行的"来稿必回、不用稿必退"的人性化做法，所以投出去的稿件就像放飞的风筝，最后总能收回来，而牵连风筝的那根"线"，就是作者的那份扯不断的炽热的念想。有时，当这份念想过于强烈的时候，我还会忍不住跑到城镇的书刊亭里去翻看或购买所投的那种期刊——不管那几期刊物里有没有刊发我的作品。特别是到了二十世纪九十年代和二十一世纪初，多数报刊取消了退稿制后，牵连"风筝"的那根"线"断了，对投出稿件的那份念想便只能化作频繁的行动，去书店书亭书馆翻阅找寻，看自己的作品有没有发出来，或干脆长期订阅某几份报刊。到了后来，我的创作转向散文和短篇小说后，向报纸投稿渐多，每日等待报纸、翻阅副刊是必做之事，每每看到投出的作品见诸报刊，那种欣悦感是非常甜美的。所以，对作者而言，有投稿便有念想，有念想便有希望，有希望便感快乐。

投稿带给了我交流切磋之乐。我至今仍感佩当年那些文学期刊编辑们的敬业精神和保护爱惜作者创作热情的态度。"来稿必回",这在当今恐怕是难以做到的,但在那个物质并不发达的年代他们却做到了,而且还做得很好。可是,那要付出多少精力啊!我曾去过几家省、市级文学期刊编辑部,了解到"每日用麻袋从邮局拉稿回来"这话并不夸张,编辑们每日埋头看稿、写回执信,承担着巨大的工作量。所以我每次在方格稿纸上誊写稿件时,总是尽量写得工整规范些,以期减轻一些他们的工作量。在我书房的书橱里,至今还保存着一大摞我当年与全国一些文学期刊编辑部交往交流的信函,其中有用稿通知,有改稿建议函,还有不少是退稿中附上的手写的或是铅印的退稿函。几次搬家时我都舍不得将它们处理掉,因为这些函件真实记录着我与各文学期刊真诚交流的历史;这些函件多数是编辑手书的,现在我有时还带着浓厚的兴趣拿出来翻阅,从中能看到编辑们不同的风格和涵养。尤其令我难以忘怀的,是1982年我刚走上业余创作之路时与《清明》杂志社一位资深编辑的交流,他的以丰厚学识为支撑的职业精神以及对待毫无资历、背景的青年作者所表现出的惜才育才的热心令我深深钦佩,至今难忘。那时我不过是一个年方十八岁的青年教师,却有着勃勃雄心,一上来就写中篇小说,凭着我对老家皖南山区农村生活的一些了解,写改革开放大背景下农村的嬗变,题材是既大又深的;我以老家小山村发生的一个真实故事为原型,写出了一篇八万字的中篇小说《家伤》,投给了全国知名的大型文学双月刊《清明》。稿件投出后,久无回音,我很是记挂,以为邮寄环节出了问题,还专程去邮局查询过。为了排遣失落的情绪，我只能又投入另一篇中篇《愈合》的写作中去。没想到，五个月之后，我收到了《清明》杂志社的信件，里面除了有我那篇厚达数百页稿纸的《家伤》，还附有一封信。信长达四页纸，竖排，书写工整而美观，字体颇有书法味道，且无一处涂痕，语气充满着对作者的尊重，以说理的方式恰到好处地指出问题、提出建议，给人以温馨之感。现摘录几段如下：

何立杰同志：

你的中篇《家伤》我们进行了广泛的传阅。

这篇作品给我们一个启示，即如何反映十一届三中全会之后的农民生活？在幅员辽阔、历史悠久的我国农村，仅有物质文明是不够的，还必须建设现代的精神文明。否则，有了钱，发了家，还会沿着老祖宗走过的老路去思想、去办事、去做人——这应是这篇作品的主题，也是本刊今后重点组织的作品题材之一。

但作品在指导思想上，有一个根本性的失策：忽视了典型环境对情节和人物的制约。在中国，有大量的好人好事，如果单独把这些人和事集中起来说"这就是中国"，这没人相信，因为这是天堂，而天堂是不在人间的。反之，中国也有坏人坏事，如果把这些人和事集中起来说"这就是中国"，也没人相信，因为这是地狱，而地狱也不在人间。尽管这些坏人坏事的存在绝对是真实的。所以一部作品中的具体情节和具体人物的真实并不等于就是现实主义。必须首先认识我们这个社会、熟悉我们的国情，然后才能较准确地把握这块土地上的人和事……

接下去，他针对我作品中一些情节细节过于晦暗暴露的问题提出了非常具体的修改意见，并希望我能尽快改好寄去。而仅仅过了八天，我又收到了他的另一封来信，信虽短，却是对我的创作的一种评价和鼓励，我阅后很受鼓舞，顿觉信心倍增：

何立杰同志：

……

你的另一中篇《光晕》阅后，正在送审，意见待定。

你是一位很有才华的青年，作品用与不用都不应影响你的创作情绪，希望你在构思作品时力求再精练一些，叙事时力求细腻而不繁琐，流畅而又要跳跃。

如有新作，可寄来一阅。

……

看到这样的来信，我真的很感意外，也很感动。一个年方十八岁刚刚走上社会且是学理工科的大学毕业生，以初生牛犊不怕虎的盲目热情，写下了一些显然还很不成熟的习作，竟得到如此认真的对待！而且那之后，凡我投去的稿子，都由这位编辑审阅，并都能得到他那意见中肯、书写美观工整的回信。我从那些回信中，深切感受到他的敬业精神及培养青年作者的热情和胸怀。与此同时，通过信函交流，我也知道了自己的长处和短板所在，学到了能够提升自己的创作的非常有益的东西。这的确是一个充满感激和乐趣的过程！之后的几年时间里，在他的鼓励指导下，我的创作热情高涨，经常写作到深夜，两三年时间竟写下八九篇中篇小说，而这期间我只认识这位编辑老师的笔迹，却并不知道他的姓名。直到后来，我通过打听才知道他叫孙叙伦，是一位资深编辑、文艺评论家、文物学家，同时还是一位有成就的作家……

像孙叙伦老师这样的热心扶持文学青年的编辑，在我后来的投稿历程中还遇到过一些，如《北京文学》的高进贤、《短篇小说》主编丁辰和编辑部主任王立忱等。特别是丁辰老师，也如孙叙伦一样，每篇都给我提中肯的意见，既有鼓励，又有鞭策。记得有一回，围绕我的一篇短篇小说《涅槃》，我与丁老师进行过一次实实在在的讨论商榷。可以说，正是在他们的热心指导下，我才一点点地获得进步也获得信心，才得以在文学创作之路上一直坚持走下去，从中获得人生的感悟和快乐。

投稿的确是一种快乐的人生体验，这快乐源于一种积极的人生态度。因为投稿是一种自信支持下的行动，是积极心态下开拓人生的行动，是对生活充满了美好愿景的行动。

2012 年 7 月

GANCHU · GANWU

感触·感悟

回味孤独

孤独似乎也是值得回味的，有时甚至是美好的。

即使现在想来，多年前的那些个恬静的乡间夜晚，于我依然弥足珍贵，并时时牵动我飞扬的心绪。

那些普通的夜晚，属于三十多年前我在异乡一所农村中学工作的日子。那是一所偏僻简陋的农村学校，而我又是初入世道、年轻单薄且孤身只影，异乡的月色在我的心目中清纯又清冷，融入我浓浓的乡愁。

学校规模小，教师多是当地人，且"半边户"居多，自然"走教"者也多。于是，每当残阳沉落，夜色降临之后，乡间的这所远离城镇的学校便陷入无边的宁静之中了。

乡村学校的夜晚，带着几分温馨和神秘。我独自沉浸在夜色里，为排遣孤独而做些合乎自己性情的事，诸如沐浴晚霞散步、伴着暮色歌唱、埋头静心写作，等等。

沐浴晚霞散步是进入一个恬静乡夜的舒缓的引子。学校坐落在一个大的圩子里，走出校园便是大片的田地。江南水乡的田园平坦而又开阔，置身旷阔的原野，默默于阡陌上踱蹀，感觉自身就像是一株绿禾，不知不觉就融入了这连片的绿意之中了。正当晚霞消退之时，眼前依旧是醉心的绿，而远处却为落霞浸染，原野由近及远显出丰富的色彩层次；放眼远处，雾岚略起，模糊了天地的界线，但视线依然没什么阻隔，凸起的小丘和孤独的村落均被浓荫包裹，显示出含蓄的神秘；一两棵树以天色为背景兀自伫立，画一般绘在多彩的天幕上。在这里，人踽踽踱步，自然而然地会化去胸中的郁结、排开心头的孤寂，让思想和自然进行无声的交流，让心绪与色彩进行充分的交融……

　　最令我沉迷的还是那月明星稀之夜，受月色诱惑，我大抵什么事都不去做，独自躺在那张只能容下我一人的简易床上，默默品味着、享受着这宁静清纯的夜晚。溶溶的梦一般的月光透过窗棂，将树叶的影子投在蚊帐上，犹如一幅写意的国画。窗外，风吹树叶发出沙沙的声响，叶影也随之在蚊帐上颤动。我有点痴然地望着那些叶影，闲适地躺着，任天籁拨动思绪，悄悄于诗意的宁静里展开遐思，感受着这孤独之美、恬静之美。

　　后来，我因受了某种牵引，执意要走出这种孤独。人就是这样，眼前的痛苦常被夸大，而眼前所拥有的，似乎又不及遥远的景象那样诱人。持久的努力，使我终于回到了故乡这座小城，成了家，有了孩子。

　　小城在改革开放的大潮中发展了，楼多，人也稠，却几乎寻不到什么绿色，草木的馨香尽被混凝土的气息所取代。楼挤楼，人挤人，车挤车；无法独自于绚丽的黄昏与自然静谧地交流了，无法再见到斜射而入的清淡的月光了，无法再听到宁静之中的沙沙叶响了；人声无处不在，噪音无处不在，欲望无处不在。经历过乡校之夜洗濯的我，至今似乎仍难以在这里融入世俗之流。于是，在这人稠之域，我似乎又陷入了另一种孤独。这孤独较之于前似乎更刻骨铭心，且难以走出。处在这样的孤独之中，自会更多地想起十多年前的那些宁静的夜晚了……

2000 年 8 月

旅行

那是一次很普通的旅行。

一个炎热的季节,为赴一个笔会,我被车船载着去了遥远的地方。返回途中,因买了些许书和文化用品,竟囊中羞涩起来,及至在省城车站下车,兜里仅剩下购一张车票的钱了。

其时,已是深夜一点钟。我无钱住店,又耐不住候车厅内的闷热,只得于厅外寻一地点坐下,无遮无掩,暴露着自己的寒碜。夜的车站仍不宁静:周边,赴外打工者就地而卧、鼾声起伏,揽客的"面的"和摩托车的号叫拨动人的神经,此外还有闲杂人等杂沓的脚步声甚或粗鲁的呼喊。嘈杂使睡意遁去,疲劳袭来,头颅益发沉重。一种关于生存景况及人生旅行的伤感悄然而生。

渐渐便有了一种饥饿感,见不远处还有小吃摊,便拖着行李挪步过去。摊主是一瘦弱妇人,上衣大半被汗水打湿,散乱的头发粘在额上，憔悴的面容里，似蕴含着某种难以猜度的内容。小锅里的热气寂然飘出又瞬息即逝。一个小男孩立在她浓重的阴影里，扯着她的衣角反复道："妈，回家吧。"摊主狠狠地打掉男孩纠缠的手，将我要的馄饨端上来。

小男孩在哭。泪在肮脏的小脸上流淌。这时，我发现男孩生有满头的疖子。摊主这才放下手中的活，拉过孩子哄道："妈马上就收摊！山儿，别哭了……等你爸回来就好了，你爸他总是要回来的，他不会总在外面……"言语充满悲壮感。

我离开时，忍不住回望了片刻。

我重新择一地点坐下，恢恢地靠在行李包上，仰望着被楼群挤得很窄的天空。渐渐地，神情便有点恍惚，过往的时光回闪于眼前。

猛然想起车票难买，便决定提早去排队。但售票窗口前，已有捷足先登者。最显眼的，莫过于那个抱着孩子的男人了。他打着赤膊，怀中婴儿才三四个月大，猫似的蜷缩着，像个肉疙瘩。看得出他来自农村，却不知被什么牵引着要抱着不宜远行的婴儿长途旅行。婴儿不时地啼哭，汉子只知拿些吃的生硬地喂，看得出，他并不熟练。汉子异常地执着，一直坚守着他在购票队伍中占有的位次。我虽猜不透他心中的那份希冀，但我似乎已明白，他的远行，定有充足的理由。

似乎是受了感染，我也坚定地占领我的位次。长久立着，腿有点颤。

旅行累啊！我不禁叹道。

不过，旅行总归是不易的，我又转过来想。人自降生之日起，不一直是在旅行吗？尽管伴随着艰辛，终了还是得为之设法——只要希望不泯，便不管征程如何、结果怎样，不管汗水是否打湿了胸膛，牢握自己拥有的，穿行于人世的风雨里，将挪过的每一步，都当作生命的延续。

　　拂晓时分，售票窗口突然推出"票已售完"的牌子。与此同时，票贩子出现了。我下意识地将手伸进衣袋，不知剩余的钱是否买得起一张高价票。

　　但有一点我深信——我会完成我的旅行。

1995 年 3 月

秋月

秋月是最美好最富诗意的夜景。

澄碧幽邃的秋的夜空里，明月有时像一条小船，在没有风浪的天河里漂渡；有时又像一个多愁善感的仙女，踽踽游移在寂寥的天宇；而当你注视并欣赏她的时候，她又是你心中一个浑圆的念想，温暖地升起、温柔地漂移、温馨地传递笑意般的银光。

因而，朗空中那澄莹的秋月，总能勾起人的遐想，撩动人的情思，激发浪漫情怀。

我至今仍能记得，异乡的秋月曾给予我的慰藉。那是在二十世纪八十年代初，我从高校毕业，被分配到异乡的一所偏僻的农村初级中学任教。学校坐落在远离城镇的乡野，规模小，住校老师少。每到夜晚便显得异常冷清寂寥。那时我才十七八岁的年纪，一直在城里生活，第一次接触农村，第一次感受乡野的宁静,心中不免生发某种孤独感,常拉开一片难耐的空白。中秋时节,天高气爽,夜空澄明,秋月挂在我宿舍前的那幢青砖老瓦屋的脊角上或者老屋背后那两棵椿树的枝梢上,像亲人的笑脸,用柔纱般的月光送来含蓄的问候。我被她牵引着走出校园,在乡村小道上蹀躞,欣赏月光里的乡野风景,吸纳月光下的乡土气息,同时也默念着家乡、默念着父母,常常走得很久、走得很远;内心的那份空漠,渐渐被某种温馨的感受所填充。待我返回学校时,感觉孤寂落寞的情绪已被秋月皎洁的柔光洗去了,同时也将我的浮躁洗去了。我的心沉静下来,开始学会在清冷的环境和清淡的生活中安排自己的日程。

于是,这秋月秋景,渐渐让我沉迷了。也许正是从那时开始,我自然而然开始关注秋月,喜欢在月夜里散步了。

我现在还常常回味,老家的秋月曾给予我的温馨。老家在皖南山区,在大山的皱褶里。旺龙山的半山腰上,三四户人家在祖先于竹林之中开辟的一小片平坦之地上繁衍生息,一载载的日子堆积起来,压实了小山村的人文基础。所以,村虽小,但徽风徽韵依然浸润着这个山村。

父亲是从那里起步,一步步走出大山,走到现今的水乡泽国落脚的。父亲每隔一两年便带着儿子去故土省亲,常常是在天气较好的秋天,这便使我有机会去老家欣赏山区美丽的秋景和秋月。

山区的秋月在大山的衬托下,更显得冷艳、澄莹,每回在老家的夜晚,当父亲和叔叔一家子谈心的时候,我常常一个人走出去,独自立在屋外的平地上或蹀躞于窄曲的山道上,看山区秋月清冷明亮的孤独身影,看她在黛蓝深邃的夜空中漂渡或在碎云中穿梭的样子。有时,我干脆就坐在一块大石上,看澄莹皎洁的秋月在对面那叫弯下的山坳里孤寂地逗留。月朦胧,夜也朦胧,月光悄然流泻,映出山峦朦胧的轮廓,也映着大山的宁静。我沉浸于这种意境中,神思有些恍惚,仿佛觉得那明亮的秋月就是祖母的笑脸,带着温馨的微笑;祖母看到我来到了老家——恍惚中我在心里这样想——她老人家可能忆起了在雷阳古城生活的那些日子,所以她笑了,她的笑带给我满心的温馨。

我如今还常常想到,堤上的秋月曾给予我的抚慰。那是在一些年份的防汛日子里,我作为县下派干部驻扎在圩口,历经了两三个月的艰辛努力,身心俱疲的我们还要完成江闸开启前最后的坚守!这时,疲惫的心理又加入了思亲的情绪,显得格外难耐和沉重。于是,在秋后的夜晚,我不知不觉便走上了堤坝,既为巡堤,也兼去看看堤上的秋月。

堤坝上的秋月别有一番风味。水乡秋之夜空是旷阔而又清朗的,秋月就挂在瓦蓝幽邃的天幕上,静察尘世百态。如有晚风轻拂,则秋月在水中瑟瑟颤动,月光飘泻到水面,带出粼粼波光;如风平浪静,则月光将岸边的房屋和树木的影子投到水面上,秋月便倚在水中的屋脊或树梢上。而空中的秋月,则依然一副和蔼可亲的容颜,勾起人思亲的遐想。

105

在那样的夜晚，我往往是一人独自上堤。湖水清新的气息融入朦胧的月色里，浸润人的心脾，使人仿若置身于梦境，让疲惫的身心得以放松、得到抚慰。

而今，我久居小城，已经很少置身乡野的秋夜了。虽然，在秋高气爽的夜晚，我也常常在小城的街道上散步，但看到的皆是街面的灯火、店堂的亮光、车灯的耀眼和人影的交错，并伴之以市井的喧哗。已经很久没能静下心来去欣赏和感受一轮秋月了。不过，每到中秋时节，过往日子里的那些美好的秋月，还时常会浮现于脑际，让我在回味之余还有兴味去寻觅属于小城的宁静的秋月。

在我居所的附近，有道张家坝，尽管它不能与江堤和大河大湖的圩堤相比，但是小城里相对安静之处。我常常牵着那条名叫"托尼"的漂亮小博美犬在坝上散步，一边承受秋风温柔的抚摸，一边欣赏美丽的秋月，并不时联想起往日那些美好秋月的倩影。

不过，现在"托尼"已经不在了，它因病离世了，而我依然保持了在夜晚的秋堤上漫步的习惯。我在悄然望月的时候，每每就能想到"托尼"的样子，我甚至幻想，满身纯白长毛的小"托尼"的灵魂，是否随风飘到那秋月之上去与玉兔为伴了呢？

无论如何，秋月始终是伴我人生的一道最美好的风景。

2017 年 9 月

桃红

少时读陶渊明的《桃花源记》,对陶翁笔下的那个世外桃源很是歆羡,心想,现世若也有那样一个艳丽怡人无丝毫纤尘的桃园,让渴慕者身临其境,体味一番"夹岸数百步,中无杂树,芳草鲜美,落英缤纷"的自然之美,那一定是件愉悦心灵的事。

那一年仲春,我随父去老家探亲,在老家所在村及其周边村落走亲访友的时候,偶然闻得对面山坳子里有个叫桃庄的村落,自忖那里一定有很美的桃园,而且可能桃树满山,桃红氤氲,便不辞辛劳,独自沿一条入山小道前往探寻。然而行走半日,分别经过了弯下、溪头等几个小小村落,却一直没找到桃庄,也没见到一棵桃树。后来,在一个仅有十来户人家、坐落于半山腰的村庄,我终于停下了脚步,不打算再走,因为实在太疲倦。我看到一位头发花白的老人手持一把小镐,背着一个藤条篓子正往背后的山上去。我喊住他,并加快步子跟了上去。我客气地递给老人一根烟，而后问他可知道桃庄在哪里。老人看了我半晌，似乎认定我是个善良的书生，便解除了戒备，沉吟良久，开口问道："你找桃庄做么事？找人还是……"

"我只是想看看桃园，看桃树、桃花。"

老人有点好奇地望着我："这儿以前就叫桃庄，后来改叫寨园了。"

"为什么要改？是不是桃树没有了，才……"

"那倒不是，"老人马上否定道，"以前这儿有不少桃园，村名也是这么来的。后来强调'以粮为纲'，全国学大寨，全改成大寨田了。"

老人没再细说，我也能听懂老人介绍的情况。那个年代，就是这么个情形。我想象着当年这里桃红映山的艳美景象，不禁也随老人一同喟叹。老人见我如此表情，像找到知音似的，竟坐到一块石头上，和我谈起过往的事情。我给他把烟点上，以此引导他把话匣子打开。老人说，他从小就随其父学习种桃技术，新中国成立后进了专门的林校学习，毕业后到县农林局工作。为了兴盛家乡的桃园，二十世纪六十年代初搞责任田的时候，他舍弃城里舒适的生活回到家乡，一面帮家人侍弄田地完成包产到户的生产任务，一面以所学技术帮各户开发自留山种桃，自己还带人开发几处荒坡，使之成为桃园，使得家乡的桃园一度远近闻名，很是红火。可好景不长，没多久这些做法就被批作是在走资本主义道路，路子偏了，要纠正，不久便开始了"割资本主义尾巴"运动。他当时没有想通透，思想一时没跟上，为挽救势头正旺的桃园，他与公社派来的工作队发生了从语言到肢体上的激烈冲突。之后，他的下场当然很惨，被当作走资本主义道路的"坏分子"四处游斗……

"桃已经没了，村名后来也改了。"老人低沉地说，眼睛红红的好像已经湿润了。

我静静地听他诉说，能感觉到他内心的伤痛。

"那时我真不该辞职回乡来，要不我现在也在城里过着养尊处优的日子了。"

"不能这么想呵，你是为了家乡的发展才回来的！不管结果如何，愿望是好的！"我安慰他道，"现在政策变了，国家正在实施退耕还林，您老还可以施展抱负呵。"

"不行了，人都老了，没那个身体也没那个精力了！"老人伤感地说，"年轻人的思想也都变了，不想到乡下待，且对搞农林开发都没有兴趣，毕竟投入多、见效慢啊！"

"你的子女呢？有没有这方面的想法？"

"两个女儿都远嫁了，有一个儿子，去沿海发达地区务工了，一年回不了一趟家。"

我没有再追问下去，毕竟萍水相逢，怕触了老人的伤疤。老人也问了我的情况，我告诉他我的根也在本地，并告诉他我父亲的名字。他脸上立刻泛出笑意来，说知道我父亲，还说我们家在这一带是有名望的。我说，希望再看到这里桃花灿烂的景象，也希望这个村改回原名。他找我要了联系方式，并认真记下了我的姓名和地址，说村子要是真的变得像我希望的那样，一定写信跟

109

我联系。

光阴荏苒，一晃十余年过去了。这些年，各种事务缠身，似水的流年渐渐洗褪了过往的记忆，以至于某一日，突然接到一封陌生的来信，竟忆不起来信者究竟是谁。读完信，仔细追忆，才从字里行间寻出那位老者的神情。老人信中告诉我，他的儿子返乡创业，在家乡投资开发桃园，同时发展经果业和乡村旅游业，村子变得比我希望的还要美，希望我能抽空过去看一看……

老人是个认真的人，他还牢记十多年前的那次邂逅谈话，更牢记心中贯穿一生的美好事业。他的邀请是不容推诿的，他眼下已临人生的尾声，唱着事业的晚歌，需要有人在其构想的事业之树上缀一道彩带。这是一个夙愿、一种慰藉、一道对人生的精彩注脚！

于是，我去了，揣着那封沉甸甸的信。然而，我却没有见到他——他携着被桃红染红的梦安详地辞世了。他的儿子介绍了他最后的情况。我的眼鼻有点发酸。

我跟着老人的儿子缓步而行，寻觅老人的足迹和梦想。展现在我眼前的，是一个崭新的美好山村的美丽景象，徽派风格的房屋整齐排列粉刷一新，屋场整理得如同花园一般，散布各色苗圃，接待乡村游客的标志随处可见。周边是一片片绚丽宛若彤云的桃红，错落有致浮于山坡之上，山峦和村庄都绽放出醉心的红颜，似在与霞色比美了。

我尽情地让心绪和视线同时放飞。那绚丽的桃红，已抹去了心中的晦暗。眼前那棵棵桃树仿佛幻化成了老人的笑脸，我从那笑容里，似乎也汲取到了一种人生奋进的力量！

"我是在阿爸一再要求下才回来的！我回来之后，他真是倾其所有来支持我，没有他就没有今日的桃庄！"老人之子感慨道，"爸说是受你启发他才重树了信心。可惜他走了！如果阿爸在，看到你也来了，那该多好！"

"其实他老人家一直在这里。"我安慰道，"瞧，眼前的这一片桃红，不正是他老人家希望的吗？他会安心地扎入泥土的！桃花凋谢了，落入深厚的泥土，然而那沉甸甸的果子，便会坠满繁枝，这才真正是价值的体现哪！"

令我欣悦的是，少时的愿望，今日竟得以实现，此地不正是我所要寻觅的桃花源吗？不过，陶翁描写的是理想，而此处却是现实的佳境！

2003 年 5 月

纤夫之履

一曲《纤夫的爱》曾红红火火唱遍全国，炙热的旋律携着"哥哥"和"妹妹"的感情在各色屏幕上欢快地跳荡，渲染着一种浪漫的情调。纤夫的生活，因了此种艺术的处理，而有了某种诱人的魅力，甚或令人向往了。然而照直说，我的情绪却始终无法随之而"在纤绳上荡悠悠"，这恐怕缘于孩提时代烙入记忆的那些关于纤夫的深刻印象吧。

那似乎是条悠久的河流，多少年来一成不变地从我置身的这座小城蜿蜒而过，悠悠地与我的记忆缠织在一起，缠绕着我的童年、少年；潮湿的河湄上曾经有我游玩嬉戏时留下的单纯的足印。那时的河流，河水清澈、河道宽阔、河滩平缓，常有形态各异的帆船或乌篷船从远方驶来。其中最惹人注目的，当是那靠着纤绳的牵引而行驶的大木船了，而那拖船前行的纤夫，给人的视觉冲击，尤为强烈！

依稀还能忆起那些汉子的形象。在昏沉或澄莹的天幕下,他们袒露着汗淋淋的胸脯,粗实的绳索深深抠进古铜色的肌肤。紧绷如弓的身躯极度前倾,几乎贴着地面前行;眼睛艰难地向上翻起,努力让视线投放得高远,以探视前方的路途;青筋暴突的双脚,踏着众口呼出的号子,在难以下脚的浅滩上硬是踩出了道路……肩负重轭,步履沉沉,生存的艰辛已融入深沉粗犷的号子。然而,那刚劲的动作和庄严的神态里仍透着源自血液、植根心田的执着和刚毅。

印象最深的,当属那个晦暝的黄昏。风在河面撩起层层波澜,一条陈旧的帆船在纤夫们激越的口号声里徐徐驶来。我被那仿佛与大地一同震颤的摄人心魄的号子所吸引,先是驻足眺望,继而一阵小跑靠近前去,好奇地随背纤的队伍一同行走。不谙世事的孩子竟然也被纤夫们的艰辛及其精神所打动,恍惚间,身心陡然也紧张了起来,仿佛自身也投入一种平凡而又伟大的律动里,不由自主顺应着某种难以抗拒的召唤。孩子的天真行为引起了最前面一位年轻纤夫的注意,他好像冲我笑了笑。这善意的表示给了我胆量和勇气,我靠近他,问道:

"叔叔,很多船靠帆来推动,你们的船上不是也有帆吗?"

"伢呀,顺风时才用得上帆呢!"他笑道。

"那么顺风时你们就可以坐在船上看风景了?"

"……"年轻人点点头。

"哈,你们好快活,可以经常坐在船上看风景!"

"伢呀,你还小,不晓得事,赶路的人,总是遇到逆风逆水的时候多呵!"他严肃地说。

我似懂非懂,感到他话语里有某种更深的东西。我眨眨眼幼稚地望着他,发现他年轻的额头上竟然有了与其年龄不相称的皱纹。

"伢呀,你还小,莫问许多,长大你就明白了。"他亲昵地摸摸我的头。

这时,后面有位大胡子长者指责了年轻人,长者的威严使他立刻警觉了,他朝我挥了挥手。

"他干吗要骂你?"我顽皮地问,"你又没干坏事。"

"他怪我分神了,"年轻人压低了声音说道,"因为背纤要齐心,谁要是开小差或者偷懒,整个队就要松垮掉的!"

"……"

我伫立河滩,目送着他们或扬或抑的身影缓缓融入薄暮里,幼小的心灵竟也感觉到了某种沉重。

多少年过去,那形象、那身影仍不时在脑际浮动,并激起很多的联想。尤其那年轻纤夫的话语,时时叩击心扉,给人以激励,使我无论面对怎样的挫折都不致疲软或坍塌。

是呵,在纷繁且充满艰难的现实生活里,我不过也是一名背负重轭步履沉沉的纤夫。

2002 年 9 月

升华

她站在堆满鲜花的报告台前，面对千百张敬仰的面孔，如泣如诉地报告她的丈夫王红卫烈士的事迹，讲述她和丈夫牵手十余载里的点点滴滴。串串感人事、句句动情言，随着她的话语和情感的起伏，台上台下已是热泪如雨。我坐在主席台一侧，望着她全心投入的侧面，心中有段悲壮的旋律在回旋。

这种思想和感情的洗礼，对我来说已不止这一场报告会，在一个多月的筹备日子里，作为"王红卫英雄事迹报告会"组织者之一，我已多次聆听这样的声音，每次都有种触及灵魂般的感受。思绪的浪卷重重叠叠、翻卷起伏，就像思想不断地翻开新的一页！我生发出诸多的感慨。

记得当初我提议让英雄的妻子参与报告团时，很多人都心存疑虑：一个刚刚痛失夫君、沉浸在巨大悲痛之中的女人，她有那么坚强的意志，能够控制住刻骨铭心的悲情站立在公众面前吗？

她有那么开阔的胸襟，能够袒露深藏于心的情怀去做教育人激励人的事情吗？但事实上这一切的担心都是多余的，第一次邀请，她就同意了，我们无不感叹英雄的妻子所具有的襟怀和气度。

首次试讲她便一下子打开了情感的闸门，似乎无法控制。我们只能感受到她的那种揪心的伤痛，而听不清具体的内容。我们不免又有了怀疑，以这样的方式面对听众，感情显然得不到升华。但事后，凭直觉，我却隐隐地感到，她的报告笃定能够获得成功，因为她的真情实感无法替代，是报告成功的坚实基础，只是在运用上需要加以引导。果然，在报告团成员们的建议下，她表现出了极强的接受能力和自控力，第二次试讲，就将感情和内容恰到好处地融合在了一起，使她报告的感染力和境界得到很大提升。于是，从那一回开始，我们便开始了一次比一次更深入的倾听——从试讲到正式上台，从乡镇到县城，从百人小会场到今天的千人大会场。渐渐地我们都确信，即便她说上一百遍，她的听众也会有一百种新的感动和感慨。

现在，她站在聚光灯下，强烈的灯光映着她憔悴的面庞和泪痕，映着她的伤痛和坚毅。而她展现出来的，是一个既钟情又坚强的女性形象；她并没有被悲伤所压倒，相反却在悲伤中令人起敬地挺立着，人们因为她的坚毅而更增添了对她的敬意。与此同时，通过报告，她也更全面、深入、清晰地懂得了她的丈夫，懂得了与她相濡以沫的那个人何以可敬、可爱、可学，何以成为一名烈士、一个英雄。

一个人的情感，如果封闭于心，哪怕它再真挚、再深沉、再高尚，也仅仅只是一己的情怀，只有将这份情感与社会联系在一起并融会到一种崇高的精神之中，才能得到升华、走向博大！王红卫的妻子似乎一开始就懂得这一点，她那深沉的情感，经由她的报告、她的深情的倾诉，已不再仅仅属于她个人，而是成为全县人民共同拥有的、激励人向前向上的情感了。这种升华，不仅是她个人所需要的，更是这个社会所需要的！它让高尚者愈加高尚，让平庸者感受着并憧憬着高尚，让悲观者看到了，在这个被他们视为"世风日下"的社会里，的确存在着这样的人："他心里装着家庭、装着同事，更装着工作，在工作和家庭都需要他时，他会毫不犹豫地选择工作，并在完成工作之后，尽己所能，把做丈夫、做儿子、做兄长、做父亲的责任和义务履行得让所有的人都为之感动。"在面对飞驰而来的凶猛的盗贼时，他奋不顾身地迎击搏斗、救护战友，并敢于献出宝贵的生命！

"你用生命写就的辉煌，是我今生永远的骄傲！"英雄的妻子，将她的感情升华到了一个令人仰视的高度！

2003 年 9 月

一种感受

如今，整理衣橱衣柜，恐怕是多数城镇家庭都感头痛的一件事了。原因大致有二，其一是衣物确实太多太杂，其二是陈旧过时衣物积压严重。时下，衣服款式、色彩等的翻新速度极快，不断兴起的各种服饰潮流令人眼花缭乱，不可避免地加快了每个家庭陈旧、过时衣物的堆积速度。衣物的无节制增多、堆积，造成衣柜空间的紧张。于是，每当季节更替，清理衣柜，大抵便成了现今多数城镇家庭不可或缺的一项重要工作了。

然而，清理工作的确不是件省心的事。将各类衣物从柜橱的多个隔层内取出本已不易，还要逐件取舍更令人头痛。有些衣物要从做工、面料、款式、色彩、新旧等多个角度进行综合分析评判，并经过一番思想斗争之后才能决定其弃留。每次，面对那些成堆的、大多还很新的废弃衣物，经历过贫困日子的我，常常有一些感慨，有一些悠然的回顾与联想。

最常想起的，是我考取大学那年的情形。记得那是一九八〇年，改革开放的春风刚在神州吹起。在家排行第五的我，在准备赴校就读时，竟寒碜得凑不齐四季所需的没有破损的衣物。从那个年代过来者大都很清楚，那时因家境困难，家中排行靠后的孩子一般很难穿上新衣，往往都是穿哥哥姐姐们穿小了而淘汰下来的旧衣。为维护脸面，我只得去信给在外地工作的大哥，请他火速寄些他能挤出的衣物来，因为他已经工作多年了，境况总归是要好些的。大哥的及时帮助（寄来的也是旧衣物）虽然使我摆脱了窘迫局面，但那尴尬的一幕，深深地烙在我记忆的深处，每每想起，总免不了一番感叹，特别是在今天面对一堆堆比当年哥哥寄给我的衣物还要好的废弃衣物时。

是的，日子总是在变化着。这变化总令我们感到鼓舞、兴奋！少年的时候，通过学校开展的"忆苦思甜"活动，我知道了我们的生活比新中国成立前处在水深火热之中的国民要好上千百倍，幼小的我便暗暗为自己能生长在新社会而庆幸，尽管那时我们还不得不将穿自己想穿的衣裳视为梦想。如今，当我常不免为清理衣橱衣柜发愁的时候，成年的我，又暗暗为自己迎来了改革开放的年代而庆幸。因为，我在家庭的殷实中感受到的是国家的发展，在国家的发展中感受到的是国民精神的振奋！这种感受，是一种多么美好的感受啊！

1999 年（建国五十周年获奖征文）

闲话煤油炉

提到"煤油炉",现在的年轻人恐怕都不知为何物了。然而在我们年轻时,煤油炉却是一件常见生活用品,尤其在一些单身人士或成员不多的家庭,几乎成了必备的生活用具。因为这物件最大的特点或者说最大的好处就是使用方便,一点火就着,省去了引火、加煤或添柴等一系列麻烦。有优点,自然也有缺点,最明显的不足就是燃料金贵,煤油那时是要凭票供应的,既要满足照明之需,又要满足经常性烧火需要,的确很不容易,因而煤油炉通常只是炊事的补充用具。

煤油炉的构造和使用原理其实很简单,没什么文化的人都很容易掌握,因而一般小厂乃至家庭作坊都能够生产。型号大小也有多种,可根据不同需求而制、而买。虽然制作工艺不复杂,但任何生活用具都由人发明,自然也都是由人操纵的,人可以把一件物品做得很简单,以满足最低需求,也可以把一件物品做得很考究，在用料、工艺、外观造型、上漆等环节都要求精美。因而，当时也有一些制作讲究的精制煤油炉出现在一些国营百货商店里，被一些条件好的人家购置使用。常常，通过看煤油炉也能略知一个人家经济条件的优劣。

  我与煤油炉建立难舍关系和特殊感情，还是在我刚走上社会工作的那段日子。那是在国家改革开放之初，我从师专毕业，被分配到异乡的一所农村中学当教师。那是一间简陋的农村中学，离城镇很远，有点孤独地落在一个地势低矮的圩子里，没有院墙，自然也没有门楼，两三幢青砖老瓦屋平行站立在黑色土质的场地上。一个多数为土坯房的小村与之相伴，与外界连通的小道也弯曲狭窄，只勉强铺上了一些碎石。学校规模不大，学生都是走读。住在学校的教师也不多，大都是有家室的，其家属大抵都在学校的简陋食堂里兼做校工。学校食堂因为需求不足而呈间歇性运行状况：节假日便停业，开学时也只是中午为师生蒸饭，兼卖点小菜，而晚餐供应的大都是中餐剩下的菜或简易制作的汤水。像我这样的外地单身教师指望学校食堂供餐，其实是很有问题的，产生矛盾，似乎也在所难免。终于有一天，矛盾被激化了，包括我在内的三名家在外地的单身教师，因未能打到饭菜而怒火中烧，砸了食堂的锅，这其实是长期积累的怒气的集中爆发。这当然是不被允许的，学校将此事件上报到县文教局，最终给予我们三人严肃处理，责令我们停课检查。三人愤而走出学校，去县城反映问题。

  几天之后，我们才垂头丧气地回到学校。我走到宿舍门口时，吃惊地看到有两名女生蹲在门前，身边摆放着一只煤油炉。我认出了那两名个头不高的女生，一个叫朝阳，一个叫小芳，都是平常勤于找老师问题目、成绩很好的学生。见我回来，她们立刻兴奋地站起身，高兴地说："老师，我们都来好几回了，今天您总算回来了！"

"找我有事？"我诧异地问，"还是问题目吗？"

"我们给您送煤油炉来了。学校食堂条件差，老师吃不好饭，哪能安心教书呢？我们心里都很难受！老师往后就用这煤油炉自己烧了吃，学校食堂就那条件，不能指望。"

"这怎么可以！"我被学生们的真情感动了，头脑也似乎清醒了许多，感到自己一时冲动可能做了件影响不好、有损形象的傻事，"你们哪来钱买煤油炉？家里供你们念书本就不容易了……"

"是我们两个从爸妈给的伙食费和零用钱里抠的，"她俩进一步解释道，"没关系的，我们平时节省点就可以了；只要老师吃得好，能安心教我们，就是自己苦一点我们也乐意，也能扛得住！"

我被她们的真情感动了，眼睛都湿润了。我费了很大劲才劝动她们把煤油炉带回去退掉。我说接受她们的一片好心和好的建议，我们三个老师都有工资，明天就去镇上各买一只煤油炉回来用，一只煤油炉不够三人同时用的……

不久，我母亲来看望我时，给我带来了一只煤油炉。这只煤油炉，帮助我在异乡度过了四年艰难的日子。

诚然，煤油炉、煤油灯等生活用具，是那个经济不发达年代的特殊产品，它的广泛使用是有其社会条件的。虽然现在随着社会经济的快速发展和人民生活水平的迅速提升，煤油炉已退出了我们的生活，但在当年，这个小物件带给我们的帮助和温暖，恐怕是我们这一年龄层次的人难以忘怀的！而围绕这小小用具所产生的交集、发生的故事和生发的感慨，恐怕还有很多、很多，有的还会长久萦绕我们的记忆，经过咀嚼还能从中获得某种启迪和感悟。

2010 年 10 月

冰窗花

不知是不是气候变暖的原因，抑或是因为楼房不断增多增高而产生了热岛效应，而今在我们这个纬度的城市，冬季里的冰窗花已不容易见到了。然而多年以前，美丽的冰窗花经常盛开在冬日的玻璃窗上，成为严寒季节上苍送给我们的一份精美的礼物。

是的，冰窗花一直留在我童年的记忆里，也一直留在我对祖母的怀想里，它就像祖母的笑容一般，时常浮现于我的脑际。

那还是个欠发达的年代，即便是在县城里，居住条件也是很差的，我们一家八口人，挤在一间不足三十平米的老平房里过活。房里摆着两张大床，靠里的那张床，是祖母带着年幼的我和小姐姐睡，斜对面靠门边的床，是另外两个姐姐睡。一张没有上漆的长方形木桌摆在房子中央，既是一家人的饭桌，也是来人靠坐、孩子做作业的地方。这样，屋子里便被填得满满当当，幸好父母在机关尚有一间房，大哥上了外地的技校，否则便实难容纳这一大家子人了。

冬季来临时,祖母在屋里生了炉火,将一把不知换过多少次底的铝壶盛满了水放在炉子上,炉火舔着水壶,在给壶水加热的同时,也让室内升温。此时屋外也许正寒气逼人,但屋内却暖意融融。祖母一边纳着鞋底,一边给我们讲些老家的往事和故事,那带着浓重徽州口音的话语,也如同这炉火一般,给我们带来绵绵不断的温情和暖意。有时,祖母还像变戏法似的,拿几个山芋放到炉上烤,并不断地用火钳翻弄,浓浓的香味飘满整间屋子,也将我们的感觉完全带离了寒冷,食欲大开,并觉得冬天也很美好。于是,一天的时光就悄悄地在祖母营造的温馨氛围里溜走了。

到了晚上,寒冷更凌厉地袭来,我们只能待在屋里——不像白天,我们或许还能时不时地去院子里活动——蜷在祖母身旁。祖母用热水为我们洗过,然后拉着我坐到火桶里,将我生冻疮的手放在手炉上取暖,并时不时抚着我的手告知我防冻疮的方法……北风在屋外呼啸着,我们的房子虽小,屋外的院子却很大,有三百多平方米,四周是低矮的青砖院墙,几乎没有什么遮挡,冬日的寒冷便更容易侵袭。但因我每晚在祖母身边,并未感觉到严寒的威力,不知不觉中就在祖母温暖的话语里悄悄睡去了。

第二天早晨,当我们陆续醒来,突然看到窗玻璃上盛开着美丽的冰窗花。我大声喊:"奶奶!奶奶!快来看!窗子上长出花了!"

祖母却抚着我的头说:"那是你昨晚的梦结成了花……"

我望着祖母笑得如冰花似的脸,好开心!

后来,我真的一直觉得,那盛开在窗上的冰窗花就是祖母的笑容。她一直暖着我的童年,暖着我的少年,暖着我的人生。

现实中的冰窗花虽不常见,但是——

冰窗花仍盛开在我的记忆里!

冰窗花仍存留在我对祖母的怀念里!

2011 年 12 月

乘凉

"乘凉"这个词，恐怕现在多数年轻人已不能准确理解其含义了，因为现在几乎已见不到真正意义上的乘凉场景了。"热天在凉快透风的地方休息。"这是官方给出的书面解释。然而现在，当热天来到时，人们都习惯于急切前往有空调的房间里避暑，这与传统意义上的"乘凉"已经不是一回事了。

以往人们的乘凉场景，恐怕只能从记忆中去寻找了。不过，我孩提时代所经历的那些乘凉的情景，现在还记忆犹新，每每想来仍能给我带来温馨之感。

那还是计划经济的年代。城镇住房都是公有的，基本上以集体为单位给居民分配住房，所以，以院落群居为多。那时候，物质生活还很贫乏，居民家中别说是空调，就连电风扇都是稀罕物，少数经济条件好的人家才会有，大多数人家到了热天，都只能靠手摇扇子驱热。好在那年月平房居多，冬暖夏凉，气候似乎也不似现今这般酷热，白天阳光烈气温高时，大家都待在室内摇扇避暑；而到了晚间，日头落山，室外渐凉，人们大抵都选择走出房屋，到户外自然中去乘凉。

我记得盛夏时节，每当夕阳西下的时候，家家户户便开始为晚间乘凉做准备了。先是往门前院子的地面上泼一遍或数遍凉水，借水的蒸发带走白天烈日投下的热量。待吃过晚饭，各家各户便陆续开始将竹床、竹椅等搬到院子里那已泼过水的平地上。这些竹床、竹椅大抵都是有年头的，有的年代久了，被磨得锃亮并呈现红润的色泽；年头越长，竹床、竹椅便越发光滑红润，也使人越感凉快。

那时候，我家所居的那个院落，总共住有四户人家；院子有三四米宽，三十来米长，四户共有，每户门前都有一两棵泡桐树，各户的竹床、竹椅等一般都置于树荫下。吃过晚饭、洗过澡之后，大家便陆续在竹椅凳和竹床上坐下、躺着，点上蚊香，摇起芭蕉叶扇，一边说说笑笑，一边拍打蚊虫，个个都显出闲适惬意的样子。此时，大人们一般都彼此谈心、交流，谈时事、谈见闻、谈逸事，或者谈家务、谈子女、谈教育，在看似漫不经心的交谈中，于不知不觉间增进了彼此的了解，融洽了彼此的感情。孩子们则是最为活泼也最能给乘凉的院落带来活跃气氛的因素，他们缠着大人讲故事，或者天真无邪地展示自己演唱、模仿等方面的才艺，或没完没了提出一大堆让大人们难以回答的问题……

盛夏的夜里，常常是一片其乐融融的情景，生活中的酸甜苦辣，在这乘凉的环境里都变成大家淡而化之的谈笑。于是，这个院落里的几户人家,因了这种每日都上演的交流,几近成了一家人。

当然,这里我所回忆的,是当年城镇居民热天乘凉的情景。至于农村的情况,自然有其不同之处,但效果恐怕也是相近的。

我常常想,那个年代的乘凉,其实也就是一个以天热为客观条件的促人交流的平台。这个平台,是那个欠发达年代无意间造就的产物。然而,尽管这种形式很简单、很朴实,但是有其积极的生活意义的。

再联想当今社会,人们的物质生活条件已经得到了极大的改善,纷纷住进了高楼大厦,甚至住进了别墅,家家户户靠空调来调节室内温度,人们无须再聚集乘凉了。现在邻里之间的直接交流也减少了,即便是住在一个单元楼的人家竟然也有互不认识的。我曾写过一篇题为《一只喜欢串门的狗》的小说,讲了这么个故事:住在一个单元楼里的几户人家互相都不认识,当然更缺乏了解,后来因为其中一户寻找他的那只"喜欢串门的宠物狗"才陆续和其他几户相识了,而后这几户为了给这只狗过生日又都聚到餐桌上来。看上去这似乎是一个喜剧故事,但描述的却是现代城市社会的某种病态,细读之后是难以轻松起来的。

每当联想到这些,我对当年那些乘凉的情景便有点怀念了。我想,我们原本是善于交流的——善于把生活中的各种交集很自然地转化为交流的平台,为什么在物质生活获得极大丰富之后反而变得不善于此了呢?我们已经减少了书信交流、节日拜会等很多传统的直接交流方式,那么未来,我们还能为自己搭建起能够广泛应用的真诚交流的平台吗?

2013 年 7 月

看电影

　　如今，人们若想看电影，是很容易实现的事，打开电视机或者电脑，随时都能欣赏到自己喜欢的电影作品。如果想要更舒适、更优质的观影效果，花不多的钱走进装潢豪华的影院，便能够享受到了。

　　可是，回想我们的孩提时代——改革开放前的二十世纪六七十年代——想常看电影、看内容不同的电影，却并非容易的事。那年月，不仅经济欠发达，文化生活也很贫瘠。整个县城里只有一间大约能容纳两百人的小影院，坐落在三米来宽的铺着麻石条的小北门街上。门厅检票口都很狭小，检票进门时常显得拥挤不堪，墙壁上的售票洞深且小，看不清也看不全对方的脸。每到新片上映时，聚集的人便拥塞了街口。好在那时小城人口少，且大家手头都不宽裕，花钱看电影便不能做到经常和随心。于是，这一处小小影院倒也能勉强对付小城人的文娱生活需求了。可是，不幸的是，二十世纪七十年代初一场大火烧塌了影院的屋顶，暂时无力再建新影院的县政府只能将大火残留下的设施改成露天影院，里面一律砌成水泥凳。这样，小城人便只能在晴天才能看上电影。小城本来就很清淡的文娱生活，因此更显清冷了。不过，那时影片品种少，大抵也就是耳熟能详的那几部：《列宁在1918》《地道战》《地雷战》《野火春风斗古城》《英雄儿女》《小兵张嘎》和样板戏系列等。经常是隔段时间就轮回放映，除了我们这群爱热闹的孩子总也看不厌外，大人们对在露天影院重复看电影似乎也不怎么上心。

这样的日子持续了多年，直到二十世纪七十年代中后期，小城中的税务岭被掘开，在钵盂山下新开辟的场地上新建起了电影院，这种状况才有了改变。而那时，一批新拍的讲述"阶级斗争"故事的新电影陆续推出了，如《艳阳天》《春苗》《青松岭》《决裂》等。此时，因观影条件的改善，加之政治的推动，又把人们越来越多地引进了电影院。然而由于将故事生拉硬拽到"阶级斗争"上，使影片内容过于程式化，人物形象过于脸谱化，影响了艺术效果，使人们看电影更多地是为了完成政治任务而少了艺术欣赏的自觉。

几年之后，改革开放之风也吹到雷池故地。思想解放的洪流推动中国文艺——自然也推动电影艺术——打破思想禁锢逐步走向繁荣。一批引进的国外电影和中国电影人新拍的电影带来观影的热潮，至今我还记得《瓦尔特保卫萨拉热窝》《追捕》等带来的观众如潮的情景，也记得新时期中国电影《牧马人》《被爱情遗忘的角落》等所带来的感伤和思考。

　　改革开放让电影银屏日益丰富，也将越来越多的人吸引到电影院里来了。于是，渐渐地，看电影成了小城人最喜欢也最时尚的业余生活，人们的交流因电影而增多了，常常围绕某一部新公映的电影而展开热烈的讨论，思想也因电影的影响而日趋活跃。年轻人谈恋爱的最好去处之一也是电影院，"一起看电影了"往往成为那时确立正式恋爱关系的标志。诚然，去影院看电影让人们变得热情了，就像改革开放之初国人工作生活的总体氛围一样。

　　后来，随着改革开放的推进，经济社会发展日新月异，科技进步也在不断加快，看电影的渠道和方法也变得多样了。近年来，各地电影院又都在升级改造，在增强服务功能、努力增加观众舒适度的同时，又在不断增加科技含量，吸引更多人走进影院。但无论人们在哪里或用什么方法看电影，人们欣赏电影、享受精神文化生活确实越来越方便、容易了，其质量和层次也越来越高了。这是改革开放释放了艺术生产力而带来的欣喜，也是改革开放带给国人的越来越丰富的精神文化生活。

2009年（纪念改革开放三十周年获奖征文）

口琴

妻在整理房间时,从旧橱的抽屉里翻出一个旧口琴,她打量了几下,似乎想扔掉,但还是转过身来征求我的意见:

"这东西多年没见你用过,已经老旧了,扔了算啦。"

"哦,不不!"我马上从她手中拿过口琴道,"不要扔,留个念想也好,它可是我的'老朋友'了!"

是的,这个口琴的确伴我多年了。买来它,还是我上大学的时候。那时,改革开放才刚开始,人们还在为温饱奔忙着,物质生活条件还很艰苦,我是通过省吃俭用,才从家中寄来的少许生活费中抠出钱来买的。

那个时候,我还是个十六七岁的小青年,与同时代其他年轻大学生一样,怀揣理想又血气方刚,沐浴着改革开放的春风,唱着《年轻的朋友来相会》这样朝气蓬勃的歌曲,如饥似渴地吸收随开放大潮席卷而来的新鲜事物和文化思潮。尤其是那些带着新潮文化气息和浓郁情感色彩的流行歌曲，更常激起年轻人的青春激情，不仅如痴如醉跟风学唱，还想通过其他方式来传递和释放滚热的心情。而我，立足自己的实际和能力，选择了使用口琴。

口琴在现在使用得已经非常少了，说实在的，我已经很长时间没看见过有人吹口琴了。然而在三十多年前，口琴还是很受欢迎的，因为它既便于使用，价格又不高，一般人都能负担得起。那时的口琴分单音和重音两种，重音口琴稍贵一点。我当时选择的是上海产的"国光牌"（当时的名牌）重音口琴。

有了口琴，我的校园生活不再单调，每到节假日或课余休息时间，我常拿出来吹奏几曲。于是，在寝室或校园里，乃至在校园外田埂地头散步时，常能听到我吹奏的《年轻的朋友来相会》《军港之夜》《在那桃花盛开的地方》《拉兹之歌》《啊，朋友再见》等流行歌曲以及台湾校园歌曲的旋律。而我的内心，仿佛也一下子充实了许多、阳光了许多，自我感觉时尚、浪漫了许多。记得每年过阳历年时，班上组织文娱晚会，我的口琴独奏都会被列入表演节目。

大学毕业了，我被分配到一所简陋的农村中学教书。这只口琴更是成为我充实生活、排解寂寥的工具之一。在晴好的日子里，每当夕阳西下，或在节假日，我都会走出校园，在阡陌间或河堤上散步，且随身带着这个口琴。坐在草地上，面对田园，面对河流，独自吹奏几曲，在把大自然的清新美景装进心胸的同时，也向广阔的天地传送诗意的音律。于是，一切的孤独和失意，一切的晦暗与阴霾，都随口琴奏出的音符飘散而去了。

后来，我调回家乡了，随着年龄的增大和肩负责任的加重，我不得不面对愈加繁忙的工作和越来越繁复的生活，恋爱、结婚、育子、建房等一系列人生必须完成的事务也接踵而来。于是，生活不再轻松、单纯，也渐渐失去了纯真和烂漫，繁杂的生活事务一步步挤掉了口琴的位置。到后来，这只口琴，便孤独寂寞地躺在了一个旧橱的抽屉里与一堆废弃的杂物为伍了，直到多年后的今天被妻当作废物揪出来扔到我的手里。

也许今天，我还能用这只口琴吹奏出几首当年的曲子来，然而，当年的那种诗意情绪和纯真烂漫的感觉还能再找回来吗？

不过，人生便是这样，有轻松烂漫的时候，也有负重前行的时候，人生不可能总处于一种轻松纯真的状态。我们都是平凡的人，都有各自平凡而又实在的生活。人生有时需要放松，但更多的时候是肩负使命，需要埋头拼搏。当青春逝去的时候，会收获成熟；当成果积累的时候，会走向迟暮——人生的意义也正在于此。

只是，我们无论何时，都应该在心灵的深处保留一份纯真，并腾出一块地方存放那些曾经有过的美好和烂漫，让它为我们人生的记忆增添精神上的亮色，使我们不至于怀疑人生，失去对生活美好的肯定。

所以，从这个意义上看，我的确应该收留这只老旧的口琴，不管还用不用这只口琴去吹奏乐曲。

2011 年 10 月

拥有

其实，几乎每个人都有被别人羡慕之处，都拥有别人所不具有的珍贵的东西。只是因为拥有的时间长久了、拥有的形式简单了或拥有的方式容易了，才在流水般的岁月冲洗下，忽视了其价值所在，并逐渐放弃了对它的珍惜。

在婚姻生活中，似乎也存有这种缺少发现、耽于羡慕的情况。很多人总是喜欢羡慕别人的婚姻或伴侣，而疏于发现自己姻缘的美好之处以及配偶的优点。于是，在漫长的婚姻生活中，便常有争吵、打闹等情况出现，有的甚至走向分离。

人的本性是求变的，都希望现实生活中不断出现新的变化，而婚姻却是求稳的，排斥变化，这就需要双方对婚姻良好的价值判断来维护。从某种程度上说，婚姻的稳定度，取决于对对方优点认同的积累，因为这决定了你对自己所在婚姻的价值判断。

我曾发表过一篇题为《离婚》的小小说，现录如下：

离婚率在上升。

某对夫妻，往日清贫，为养育儿女，费尽心思和精力，无暇顾及其他，日子倒也过得安稳。如今子女都大了，日子殷实了，也有了谈心或抬杠的闲暇，竟时常为一些小事争吵不休。

一日，两人为修屋之事争吵起来，且火气越来越烈，旁人劝阻亦无济于事。结果，男的发了大火，愤然喊出一句时下越来越时髦的话："离婚吧！这日子我受不了啦！"女的惊得瞪大眼朝男的呆望。若在往日遇到这情形，她准会蔫了。然而当今，是讲究个性解放、完善自我的年代，她那自尊感大大增强了，再也不似先前那样忍辱负重了。她一咬牙也喊出了同样的话。

于是，两人愤愤地走进了法院。然而当男的得知离婚要先缴纳五十元诉讼费和手续费时，他惊得张大了嘴，半晌才清醒过来。他一拉女人的手愤愤地喊道："走吧走吧，这婚不离了！花五十元钱离婚太不划算，去掉我半个月的工资！"

"是的，这年头做什么事儿都要钱，五十元钱能给你买件纯毛毛衣！……"女人撇撇嘴说。

这个故事中闹离婚的两个老人，表面上看好像是怕花钱才不愿离婚，其实是以此为借口找台阶下，因为他们骨子里并不真想离婚。他们已经携手走过了充满风雨的艰难的日子，在这一漫长而又艰辛的过程中,彼此早已相濡以沫,在接纳了对方缺点的同时,也对彼此的优点有着厚实的认同,并因此建立了深厚情感,一件小事的争吵是无法撼动这幢"感情建筑"的。我借这个幽默小故事是想表达:当婚姻生活出现矛盾时,夫妻间在长久生活中积累的情感和基于此而形成的价值判断,是克服危机的最坚实的基础;而感情的积累,又依赖于一方对另一方优点不断的发现和激励。是不断挖掘对方的不足,还是努力记住对方的优点,决定了婚姻的长久度和牢固度。

然而,实际生活中,我们却每每不善于此,常常忽视很多、苛求很多。

这里,我还想讲我的一次经历。那是在五年前,我的一个在外谋事的文友老A来我家造访,我与他多年未见,交谈甚欢。而此时,在厨房准备饭菜的妻子不断地扯着嗓子喊我去帮忙做事,我正与远道来的老朋友谈得投机,妻那刺耳的喊叫,真是败我兴致!我没有理会她,固执地将谈心进行下去。

见我没过去,妻又加大了音量。"我一个人忙不过来嘛!你过来帮忙,早点把饭菜做出来,吃了再谈,不更好吗?!"她执拗地喊,没有商量的余地。

"你去吧,去吧,她一个人确实忙不开……"老A笑着劝我。

我顿时觉得面子上很不好看,但还是悻悻地去了,不过满肚子的怨气在汹涌,且一直持续到饭后。

老A饭后没坐一会儿便告辞了,说是有急事要办。老A是我的老朋友,多年未曾谋面,今日难得一见,却玩不尽兴、谈不深入，叫我感到实在惭愧。我怀疑可能是老 A 怕打搅我们的生活而找借口离开的。于是，心中的怨气便化为怒火，难以压抑。于是我发火了，用的是火药味极浓的语言。妻自然不会沉默。那次我决意不让她，将平时的怨气集中起来，很快便将争吵推向了高潮。妻最后哭着跑出了房门……

之后，我们便开始了"冷战"，一连一个星期都互不理睬，吃饭也是各自解决。这个时候，我们可能都在想对方的"坏"处，至少我觉得她这些年变得唠叨、多疑、缺少温柔，越来越令我难以忍受了。我反复地想：刚结婚那段时间她多好啊，话儿不多又轻言细语，脸上成天荡着微笑；而现在，她却变得像个市井的俗妇人，成天埋怨这、埋怨那，唠唠叨叨地发号施令，诸如回家晚了、货忘买了、酒喝多了等，均要受到她的指责。男人都是要自由的，受不得这许多的约束！

又过去数日，冷战还在持续，连衣服都只能自己洗了。于是，心头的怨气越发浓了。那个朦胧的念头渐渐地滋生了。放弃吧，省得受这份罪！——一个人过或许还快活些，这样下去，可能会疯的，还不如一个人过……

正当这个念头越来越强时，我突然收到了来自老 A 的一封信。我默念着那信，内心渐渐不平静起来：

……那天因有急事不得不提前离开你们，我也深感遗憾！……你的生活令我向往，你拥有一个多么美好的家庭呵！我觉得你这辈子最大的幸运应该是拥有嫂子这样一个妻子！我虽初次接触，但觉得她美丽、贤惠又通情达理，便是她的唠叨也极富生活趣味。我若有像嫂子这样的妻子，一生也就满足了。可我没你那福分，寻找多年仍一无所获，我只有羡慕你……

看完信，我陷入久久的沉思之中。我很快就向妻认了错，主动结束了冷战。而且，那以后，我对她的思维方式发生了根本的改变：不论什么时候，我总是首先想到她的好处或她的难处，哪怕她对我的责难，我也以为肯定是事出有因——我首先想她这样说这样做是不是有道理，这使得我们的关系变得越来越和谐了。从此，我们很少再争吵，更没有打过冷战了。从这个意义上说，我十分感谢老 A 的那封来信。

是啊，自己所拥有的，常常被忽略，而别人所拥有的，往往被放大。于是很多的家庭，走向了分离，而分离之后，又有太多的喟叹、懊悔和回望。

善于发现自己的拥有，认真对待自己的拥有，用心把握自己的拥有，我们的家庭就会多一份幸福和安宁，我们的人生也会多一些愉悦和光彩。

1998 年 9 月

家中有兰

今春，家中的几盆兰花纷纷盛开吐芳了。这令我欣悦、兴奋，这意味着，经过数年不懈地摸索，我总算初步掌握了兰花的栽培方法，今后便可以更多更好地培植兰花，为我这小小院落带来更多清雅之色和清香之气了。

自从搬入新的住宅小区、有了自己的院子之后，我便尝试着在院中培植一些花草，因为这个小区的名字就叫"碧秀花苑"，院中无花草，总觉得在这里生活似乎缺失点什么，也好像少了些许情调。又因为平常多涉猎文学书籍，对梅、兰、菊、牡丹等花卉的相关诗文读得较多，对这几种花卉便特别喜欢，尤其偏爱有着"花中君子"之誉的兰花。

兰花是我国名贵花卉之一，已有两千多年的栽培历史，自古就深受人们喜爱。兰花气质高洁、清雅，其叶、花、香独具四清，即气清、色清、神清和韵清，素有"香祖""王者香"之誉，古今文人名士对其评价极高。两千多年前的爱国诗人屈原就有很多咏"兰、蕙"的诗句,如"秋兰兮青青,绿叶兮紫茎""余以兰为可恃兮,羌无实而容长"等,借讴兰比拟自己独立高洁之性情。宋代大诗人黄庭坚曾云:"兰似君子,蕙似士大夫,大概山林十蕙而一兰也。"谓兰之可贵!

千百年来,兰一直以其清雅高洁的品性而广受人们喜爱。然而,正因兰之高贵,其培植是颇有一番讲究的。它对土壤和水分,对空间的环境,对空气的洁度等都有一定的要求;板结的土壤、不洁的空气、拥塞而沉闷的空间、恶寒燥热的天气乃至落于其叶片上的灰尘等,都不宜于它的生长。因而,培养兰花光有热情还不够,必须了解它的习性,力求为它营造适宜的环境,才有可能培植出优美的兰花。

所以开始的那几年,我虽满怀兴趣和热情去培植兰花,一盆接着一盆,但都没有成功。有时情之所切,干脆从花店里端来已经盛开的盆栽花置于屋内院内,虽获取了一时之美,但翌年却委顿不发,甚至走向衰亡。之后,我便买来一些教人植兰的书用心学习,并向有经验的养花人讨教,终于能够在今春捧出几盆完全由自己栽培管理的蕙兰、墨兰和兰草了。于是,客厅里、院子里,一时都弥漫起淡淡的幽香,为整个家居环境带来清雅的氛围。

家中有兰,让我通过亲手培植兰花而对兰有了更直接更真切的感受,更真实地品味了兰之品性,对兰各方面习性的了解日渐深入;同时,也使兰自然而然地融入主人营造的生活环境中去,与主人达到某种和谐的相知。

家中有兰，让我能够时时在欣赏兰的同时更深入地感知并理解兰，而这之中，其实也伴随着一次次心灵净化的过程，滤去了不断滋生的浮躁心态和时常泛起的世俗势利的念想，让性情总能如兰一般归于清雅和清净。

家中有兰，使我在一次次与兰的感官交流中，不忘提醒自己要努力去学习兰的品性、兰的气质。古代文人把美的诗文喻为"兰章"，作为一名基层作家，我当不断提升自己的境界，努力写出更多的"兰章"；古人还把真挚的友谊喻为"兰交"、把良友喻为"兰客"，我时常提醒自己做人要更率真一些，交友要更真诚一些，努力在实际生活中多一些"兰交"之友，常交"兰客"……

家中有兰，让我生活的品位获得了提升。

2016 年 3 月

童心（三题）

童年的风筝

至今，我还常想起童年时的那些风筝，那是我童年时一个个彩色的愿望！

在我人生的早春季节，我，一个青涩懵懂的孩子，常在那湿润而蓬松的沙渚上奔跑，将那些五彩的风筝送上蔚蓝的天空。我跳跃着、欢呼着，仰望着我那些精美的在蓝天上摆动的风筝，企望它能带着我那彩色的愿景，飘向远空中的那个太阳……

然而，那些风筝最终都没挣断牵连它们的线，飞向湛蓝的远方，变为灿烂的太阳。于是，我时常静静地躺在那湿漉漉的沙渚上，为之隐隐地忧伤——在那还不懂得忧伤、还不应该忧伤的懵懂的童年。

而今，我已不再为那些风筝哭泣了，因为那些风筝已经腐烂，且在岁月老人的揉捏下，渐渐地变成了一颗失去了色彩的种子，落在我心灵的土壤上。期待着春光，期待着萌芽，期待着来年结一树成熟的、实实在在的果子。

入学

挣断妈妈绵绵的唠叨，背一书包翠嫩的希望，走进笑容荡漾的教室，融入被热望烤红的梦。

小手相牵，拉起欢跳的友谊；横线格上，托着沉思的腮帮。老师的笑脸，幻为七彩答卷；教鞭挑起的云霓，抹开了紧锁的眉宇！

一笔一画，搭起摇摇晃晃的脚手架，托起一颗幼稚的心，去摘那轮，蜡笔画就的、炫目的太阳……

村童的眼睛

爷爷的皱纹那么深，田沟那么浅。

老脸上那深褐色的皱纹，是爷爷用犁犁出来的吗？里面积下的泥水，能浇灌爸爸的果园吗？

老旧的纺车前，奶奶的手笨拙地摇动，纺着那一头的银丝，纺着那一脸的皱纹，纺着手臂上凸起的筋脉，纺着常挂在她嘴上的童谣，纺着夜深时莫名的叹息……

妈妈开着崭新的拖拉机回来了，载着一大车事前的争吵；那满身的油渍，可是墙角那些被磨损的铁犁上的锈？可是爸爸脚上常有的泥？

姐姐的手就是一把剪子！
剪着新茶和春光，剪着后生们浪气的调笑，剪着夜晚难耐的游思和长叹，剪着那特大特大的红双喜……

1986 年 5 月

黄昏情绪（二题）

长长的胡须

日子一层层叠起来，堆积成陡峭的山。

冰寒的崖上，那僵硬的灵魂枯木般矗立。目光悠悠，纺织着波动的心绪。花白的胡须，似枯木的残叶，在朔风中瑟瑟战栗。

霞色如血。

斑斓的鸟，衔来久远的恋歌，追逐疲惫的残日，于幽邃的天幕，划过胡须般的亮弧，闪烁了那依然灼热的眺望。最后的酒力，携炫目的忠诚，执着地驰向远方的空寂……

胡须长长，是缕缕灰色的情丝，在夕照中熠熠生辉；

胡须长长，随风随视线飘动，飘过记忆中的大海和大海中的阵阵波浪……

胡须长长，串起数十年滞重的相思，串起数十年各色的梦幻与泪容，延伸着、延伸着，那不愿带进坟墓的苍老的觊觎……

黄昏情绪

残阳疲惫的笑容浸透西边那一方天空，为黑夜写了一篇精彩的序言。凝重而又绚丽的文采，引来些许寻觅色彩的心，读瞬息的浪漫，读炫目的忧郁，听一曲悲壮而又静谧的挽歌……

脚步轻柔，怕踩破一种心境。哦，那彩绸似的彤云能扯下来揩拭眼角的泪吗？能抹去躯体劳累的汗渍甚或心灵上殷红的血迹吗？真想让胸中淤积的抑郁随急促的喘息喷出，融入霞色！不为闲适者欣赏，只为抖落某些重负，并让平凡又艰难的日子闪出一些光芒。

风梦一般吹拂，拂去蒸腾的尘世的欲念，尽情地让心沉浸在这迷离的抚慰中。

悄悄翻开记忆的扉页，寻找祖母留下的童话，鲜红的文字映入眼帘，在心的屏幕上漫开桃红一片。终于觉得那并非幼稚的梦，或许是另一种洒脱的生活态度，抑或对尘世的另一种理解。

残阳似乎在微笑颔首，恍惚中幻为纪伯伦那颗睿智的头颅。红色声浪款款飘来："生和死是同一的……"

1990 年 10 月

雄健的鹰（三题）

翱翔的鹰

天，湛蓝幽远。

晴空诱惑着苍鹰。面对太阳，鹰振翅而起，刚健的羽翼闪烁着七彩的阳光。

旷阔无垠的幽蓝里，苍鹰背负青天，或扶摇直上，或展翅滑翔，双翼扑动着雄浑的格律。天空温暖，心胸也温暖；鹰展开身体，也放飞畅然的心绪……

大自然的色彩赏心悦目！鹰以潇洒的滑翔和搏击长空的气势，把笑傲一切的气概挥洒自如地写进深邃的天幕，成为一幅生动的风景。

大地景色尽收眼底。鹰看到，碧绿的层林里，一些鸟儿在懒散地闲聊，杂雀在无聊地打闹——为一时的温暖而沉醉。鹰犀利的目光里透着不屑，滚热的胸中只涌动一个信念——练就一双任何时候都不致疲惫乃至折断的刚强的羽翼！

因此，鹰是孤独的，它的孤独同太阳、月亮的孤独一样永恒与伟大！

俯瞰大地，鹰的心胸里渐渐有了君临一切的豪情！它感到，持续而充满激情的翱翔终会使自己获得一双钢铁般的击空之翅，这双翅能载它抵达期待已久的理想。

于是，鹰自由地在自己灿烂如阳光的梦中展示多变的姿态，特别是那扶摇直上冲向太阳的姿态！

它相信，心有多高就能到达多高；

它相信，总有一天会摘得那枚灿烂的太阳。

搏击的鹰

起风了。

阴冷的风带来了猖狂的雨云。鹰感受到了寒意和强力的冲击，也感受到了大自然的变化无常。

鹰毫无惧色，环眼暴睁，迎风振翅，目光冷峻而刚毅，它坚信，搏击才能带来生路，怯弱只会被风云卷去。

风云依其巨大的能量翻卷呼号，唤起了鹰征服的欲望，信念和能量同时从头脑向翅膀传递。鹰左冲右突、上下翻转，疾如流星，追赶着闪电，带电的黑翅一次次划破云层！——伴之以亢奋的鸣叫,伴之以激越的和声!鹰又一次听到了空气被撕裂的声音,又一次体验到搏击的艰辛和乐趣……

茫茫旷野中,鹰看到苍生惊惶地躲藏,寻找庇护。机警的鹰感到了机遇和挑战的来临,因而突然间有了饥饿感和强烈的捕获欲望!它快速锁定了目标,鹰虽然知道此时猎食充满危险,却依然蜷爪振翅,对准仓皇奔逃的一只野兔俯冲下去。霎时,草木狂舞,惊鸟飞蹿……

转瞬间,鹰的利爪已深入兔的体内。狡兔并未回头,忍着剧痛朝前狂奔,因为前方不远就是一大片灌木林。

危险突然来临!鹰明白,必须迅速上升提起这只兔,这是搏击、奋争的紧要关头!

灌木丛就在眼前,鹰知道此刻该如何摆脱危机。它拼尽全力,在最后一刻腾空而起,伴之以撕裂般的惊天长鸣……

挺立的鹰

云岩之上,苍鹰双翼隆起,默默伫立,叼一缕血色阳光,似在远眺,又似在小憩。

是翱翔的梦尚未苏醒,还是搏击的翅仍感沉重?

夕阳如血,暮霭绚烂,悄然擦过嶙峋的悬崖。

神秘的丛林里,传出鸟儿零碎的细语,像纷纷扬扬秋之落叶,亦如星星点点春之花蕾。

一切皆归于平静,时间和历史,仿佛也停止了行进的脚步。

然而此时，夕阳美丽的晕晖，映衬了一对魅力四射的眼睛！

那是一对敏锐的眼睛，透着果敢和坚定；那是一对犀利的眼睛，迸射热切与机警；那是一对深邃的眼睛，传递诚挚与宽宏……

那是鹰的眼睛！只有鹰，才有这样的眼睛！

啊，鹰其实并未倦怠！

它在想象、在回忆、在沉思、在诘问、在憧憬。

它在注视风和云的起伏涌动，在预想新一轮日出的崭新姿态，在酝酿灵魂深处新的风暴……

不知何时，猎人的枪响了！子弹挟带危及生命的信号呼啸而上。鹰依然镇定伫立，犀利的眼神嘲弄着渐渐飘散的硝烟。

——它知道，自己的高度和气度足以消解任何威胁所携带的能量。

——它以独特的姿态泰然挺立于这充满着玄机的世界，悄然积蓄着拼搏的力量，热切追寻生命的再一次升华……

啊，挺立的鹰！雄健的鹰！

1988 年 6 月

海边偶得

初秋时节,我应邀去山东蓬莱参加了一个短篇小说研讨会。能够有机会赴这么一个据说是人间仙境的地方参加文学活动,令我非常兴奋。而更令我兴奋的是,在那里,从未见过真实大海的我终于能够与大海亲密接触了。于是,带着一颗焦渴、激动之心,我匆匆来到了蓬莱仙阁。照实说,我对大海仙境的向往,已然胜过对学术探讨的兴趣。记得那几日,只要稍得空闲,我便会不由自主地走向大海,让情思及身躯与大海尽情交融。

大海的壮美虽然令我陶醉,但大海的气势却令我这个"旱鸭子"惊骇。伫立海滩,极目远眺,满目的烟波,满目的碧蓝,泱泱大水,浩渺无垠,肆意霸占着眼前的一切,凝眸亦无法穷其尽,使恍惚的我,不知到底是海大还是天阔。更有那阵阵浪涛,推洁白的浪花奔涌而来,大有吞噬一切的气派,使我不禁感到个人的渺小和无能,引发诸多的感慨、联想。

是的，海边的一切都让我这个初识大海者感到新奇，而新奇的感受又能牵引人的思绪，尤其面对层层推进的波浪和浩浩涌来的海潮时，思绪的浪卷也常随之翻滚。难怪很多思想困顿者常到海边寻求灵感，遭遇挫折者，也常借大海平抑心情。所以，来蓬莱数日，除去开会座谈，我一有闲暇便喜欢面对大海静观海浪和海潮。还有那一趟趟驶向远处海岛的海轮，也常牵动我的视线和思绪。我甚至联想，海轮的航线是不是传说中八仙过海的路线呢？

终于在会议结束的前一天，组委会安排去蓬莱对面的长岛观光游览。长山列岛地处渤海、黄海之间，横跨三八线，是候鸟迁徙必经之地，因而有"候鸟旅站"之称，是久负盛名的鸟岛。长岛也是著名的海景旅游胜地，其月牙湾海滩长达两千米且满布精美圆润的砾石。我们饶有兴致地参观了岛上独具特色的鸟展馆，为其展示的一千余种鸟而感到震撼，又参观了海产品、海生物展馆，大饱了眼福也大开了眼界。最后，落脚于半月湾，在这里与净美的沙石和碧蓝的海水亲密接触，仿佛置身于仙境一般。

长岛月牙湾海滩是国内罕见的砾石滩，景色奇美又怡人，来此的作家、编辑们似乎都陶醉在美景之中，颇有点流连忘返的味道。我和辽宁籍作家老臣、吴作人等一起，在放开身心与海水海滩亲密接触的同时，还结合眼前景观讨论一些问题。

"这些碎石，为何都这么圆润呢？"我手捧一小堆被海浪冲上来的特圆的卵石问道，"个个都像珍禽的卵一般，而且内藏的暗纹也都不同，真的很精美啊！"

"是被海水长期冲磨的结果。"老臣喜欢创作儿童文学作品，知识积累很厚，"据考证，这片海滩上遍布的精美圆润、大小不一的球石，是由于地壳运动时地表隆起，附近山峦的岩石脱落于弧形的海滩，经过海浪长期无休止的冲刷而形成的。"

一旁的老吴接过话茬道："是的是的，这岸上的碎石，无论是什么形状，只要被海浪带进大海，经海水长年冲磨，渐渐地便被磨去所有的棱角，最终肯定会变得像眼前这些卵石一般溜圆了……"

他们的话把我的兴趣从这些卵石上移开了，我竟联想起现实生活中的诸多情形。我惊异于大海具有如此神奇的力量，不仅能侵蚀坚硬的岩石，还能将那些零碎的岩石磨得不存一点棱角！我甚至为眼前这些圆滑溜光的卵石感到悲哀了。

"看来，变得圆润光滑，是适应风浪、适应恶劣环境最普遍最有效的生存方式，"老吴故作高深地将思想往其他方面引导，"你们说是吗？现实生活不也这样吗？"

"是的，人也和这些卵石一样！看起来个个都成熟精到，其实都在委曲求全！——现实生活就是一个风浪不断的海洋啊！"我有点阴沉地说，"我们现在还年轻，如你们手中的那块毛石，未知将来是否会变得像这卵石一样。"

老臣听了我和老吴的话，竟哈哈大笑起来："没想到你们竟如此多愁善感！这是个好习惯，但现在是出来玩，搞得那么沉重干吗？何不往其他方面联想？譬如，写小说散文……"

"写小说散文？"我诧异地望着他。

"是呀，你这次不正是为如何写好短篇小说而来的吗？为什么不多往这方面想？"老臣又莞尔一笑，随手抓起一把卵石，"你瞧这些卵石，多么精美呀，一个个都这么小巧、圆润，没有破绽，没有任何人为的粗糙的痕迹！而更令人惊叹的是，小小的个头上，竟有这么多色彩、形态各异的花纹，有的像鸟，有的像仙，有的像夕照下的水波，朦朦胧胧，妙在似与不似之间。每一颗卵石都是一件精美的艺术品——是大自然的鬼斧神工造出的艺术品！"

我的思维又被老臣的这段抒情言语牵引了过去。

"我认为，好的短篇小说，就应该像这些卵石。"老臣又接着说，"思想力度上，应该像这卵石一般坚硬；形式上，应像这卵石一般精巧；艺术技巧上，应像这卵石一般自然、圆润，不留任何斧凿的痕迹，而且要在有限的篇幅内探索着运用各种艺术手法使内容丰富多彩，一如这些小小卵石上的花纹。"

"没想到，你比我还要多思！"我玩笑道。

"这是职业病，我在市文联当过文学编辑。"老臣笑道，将手中的那块不规则的石头抛入海中，"让它被大海冲磨一番吧！陆地上，这样的石头到处都能捡到，但小巧精美的卵石却是不容易获得的。这也像写小说一样，素材到处都有，但要经过精心的艺术加工，才能成为文学作品。"

"你的这番联想，还真有点特色，"我说，"这无疑又给我上了一堂写作课。"

"哪里呀，交流一下思想吧，随意的联想，也没什么深度。"

老臣说,"光说话忘记拣石了,你瞧别人都拣到不少了!"

于是,我便跟着老臣和老吴拣起卵石来,很认真很专注。

可是,经过多次比较,我总觉得我拣的不如他们拣的精美。于是,我暗下决心,定要拣到比别人更精美、更有留存欣赏价值的卵石!

我埋头努力着。

1992 年 8 月

游香茗山散记

尽管我曾多次到过香茗山，但此次随县作协采风团来此采风，在香茗山研究方家孙皖樵老先生的引领讲解下，仔细游览了这座好像已很了解、其实尚存未知之山，还是有了许多不同以往的体验。新鲜美好的感觉不时袭上心头，使我能够完成一篇采风文章，以完成采风活动安排之任务。

在我的印象里，香茗山是朴素的。

而且，这种朴素内含某种纯朴的诗意，犹如一首乡韵浓醇的民歌，抑或俭朴山妮的一副甜美的笑容。

这种诗意的朴素，首先体现在它的名称上。相传它因古代盛产香茶而得名。明朝永乐翰林学士解缙所题《香茗山》诗云："山崖殷窦簇朱砂，香茗丛生蓓蕾芽。采药道人何处去，洞云深锁碧桃花。"解缙用寥寥四句，便为我们展示出当年香茗山茶树丛生，茶绿满山，与艳丽桃花相互映衬的美丽风景。可见香茗山因盛产香茶而得名之传说不虚。

这种诗意的朴素，还体现在它自然本真的色彩上。它让自然的生物在此自由地生长，让自然的色彩在此尽情地释放。行在山间小道上，能看到路两边随意生长的如茵野草和随意绽放的各种颜色及姿态的野花。绿草和野花在熏风轻拂下，和着嘤嘤鸟语，散发郁郁馨香。

这种诗意的朴素，还表现在它不作任何修饰的容颜上。它迄今仍未经过任何形式的开发，完全保持浑然天成的原生态。尽管山上的土巴路完全是由人踩踏而形成的，崎岖蜿蜒，高低不平，某些地段甚至没有路，由此带来行进的艰难，有时甚至还有危险，尽管它的一些寺庙如洞佛庙等设施完全依托山洞等自然条件而建，但这种纯自然的朴素风格，却能吸引八方来客。人们好像都很欣赏这种风格，似乎从它朴素的容貌中能感受到与大自然的距离近了，更近了……

在我的感觉里，香茗山是灵秀的。

"山不在高，有仙则名。"这句话正应了香茗山的特点。香茗山因其诱人的自然生态、深厚的历史文化底蕴曾吸引了各方高僧大德、禅师名隐在此修行炼丹，使这座山一直佛光普照、仙气氤氲，并留下"仙迹"处处。

香茗山脚下的朝阳庵，系明嘉靖年间知县文阶为缅怀梅福、罗隐两隐士而建。四周茂林修竹、茶果飘香；殿前的那棵古樟树与庵同龄，历经四百多年风雨，至今仍盘根错节、枝繁叶茂、冠若华盖、婆娑多姿。绿荫环抱之中的朝阳庵，带几分神秘，显几分清幽；诵经之声清脆若溪，梵音佛号清明若泉，三间庵堂清烟缭绕。民间关于"金姑娘"看破红尘，出资建庵，削发为尼，独享清幽的传说，更给这古庵增添了几分生动的神秘。位于二茗南崖峭壁处的石佛洞，是著名的"洞老爷庙"，洞内正面石壁上原有石刻佛像，两边有案几神台；洞入口两侧原有顺坡而下的石巷，幽深莫测，传说"上通湖广下通江"，很是神奇，但石佛像与神洞在"文革"期间被毁、被堵，非常可惜。据传，佛教三祖是经由洞佛庙去的潜山，难怪这里一直香火旺盛、佛签灵验。二茗北崖上有处山洞，为"梅福炼丹洞"。相传西汉末年王莽篡政时期，南昌尉梅福辞官弃家隐居香茗山，就在此洞修道炼丹，并修炼成仙；望江十景中的"二茗神灯"描述的就是梅福、罗隐二君炼丹之仙景：每当阴晦之夜，常见灯光千炷，远近闪烁，相传为丹灶余焰。而位于二茗绝顶的"果老道场"，也是一处绝佳风景：此乃茗山之巅，难得有块平坦之地，但这里却有一块平场，相传此场乃唐代仙道张果（号通玄先生）来香茗山设立道场、讲道传经之处。今天，立于平场之上，但见四野空旷，群峰峥嵘，有"仰视离天近，俯瞰觉云低"之感，引发人们无尽的畅想。

　　与香茗山灵气相应相融的，便是它的峻秀之气了。它也许是含蓄内敛的，不想过早展露它的峻峭奇峰，让游人很远就看到它的奇崛，而是当你来到了山中近距离地接触它感受它欣赏它，才发现它林立的怪石和奇净的山泉。

茗山之石有奇崛神肖之特点。它也有自己的"石林",其石千奇百态,让人目不暇接,有的状若春笋,有的形如蘑菇,有的形同龟鳖,有的好似禽畜,还有的如兽如神如情侣,有端庄的观音、腾空的大圣,还有蓬莱三岛、烈马披鞍,等等,各类造型,奇特壮观,让你不得不赞叹大自然的鬼斧神工!

茗山之泉也显示了其内秀的一面。其泉清纯奇净,泉水遍布峰岭沟壑,泉流处处以潺潺流动的姿态生动地展现香茗山的清净秀美。位于大茗山无量殿南侧峭壁之下的朱砂井泉,源自一口内藏朱砂、口径两米许的"朱砂井",四周丹参藜草丛生,井中朱砂赤光夺目,砂映水红,四季不涸,美若瑶池,是一泓独具特色的山泉。位于二茗山寨林庵边的伯温泉,因一则故事而得名,相传朱元璋军师刘伯温曾领兵驻扎香茗山,当时天寒地冻、饮水难寻,刘伯温偶见岭下石缝中有珠点玉片,于是尝试着吮吸,惊奇地发现竟是泉水的结晶,便命士兵开掘,果然清水满池,一举解决了饮用水问题,之后人们便称此泉为伯温泉。像以上这样独特或有故事的清泉,在香茗山还有多处,如曹公泉、朝阳庵泉,等等。

这些奇石清泉与禅宗仙迹交织融合,共同营造了香茗山灵秀之气韵。

在我的认识里,香茗山是有深厚文蕴的。

香茗山妩媚妖娆的莲花尖峰旁,曾产生过有影响的莲花书院。书院创建于唐代,坐落于小茗山莲花峰之平林,四季秀丽花香，与河水园圃相伴，是一处如诗如画、生机勃勃之地。相传唐末五代时期的道学家罗隐曾隐居于此，读书著述；有一种未经考证的说法，罗隐的代表作《谗书》《太平两同书》可能就创作于莲花书院。

香茗山至今还存留众多历史文化遗迹。山体及周边散布着寨林庵、狭英寨、连塘城、先锋寨、营盘岭寨、大寨烟墩等遗址，一座座古兵寨、古要塞、古城池遗址无声地记载着古代刘裕、卢循、朱元璋、陈友谅、刘伯温、史可法、张献忠、石达开等各路英雄豪强在此筑城垒土、屯兵扎寨，展开智勇博弈的峥嵘历史，也让人看到香茗山厚重的历史文化积淀。

香茗山还曾是历代文人墨客驻足流连甚至忘返隐居之地。汉朝的梅福，唐代的李白与罗隐，明清时期的解缙、翁溥等均在此留下过他们的足迹和诗篇。

在我结束这篇文章的时候，顺将清代诗人翁溥诗作《登茗山》存录如下：

骑马看云花湖溪，茗山东北皖山西。
一双喜雀马前跃，无数好峰云外齐。
野老牵牛坐青草，村童抛石打黄鹂。
长松细雨涓涓静，都入河阳画里啼。

2001年11月

秋到连塘城

一

在天高气爽的季秋时节,我来到了被列为"望江十景"之一的"连屯旧戍",即连塘城遗址,专程来看看这个曾经的土城要塞在今天的样子。

季秋时节的丘岗,层林尽染,明艳动人,远山近坡,繁叶似锦。"山静松声远,秋清泉气香",处处是诗意的景致。尽管我们是乘小轿车沿水泥村道上的山,少了当年马踏沙声疾、扬尘追身来的威武气势和争战氛围,但在这和平盛世里,能够置身古战场,且沿路欣赏到"绿叶换秋装,霜叶红于花"的醉人秋景,体味到码头山"红叶绘秋华"般的深沉饱满的秋意,也别有一番美意在心头。

小车爬坡疾猛，直接抵达了坡顶。从土城之北的外围靠近连塘城土垣时，我竟一时看不出它是一道古人垒土而成的墙，因为浓密的野草杂树遍布墙身并扎根其上，近看就如同一道荒山坡岗拦于眼前。沿土墙根走了很长一段路，才终于觅得一条从土城内伸出来的窄道，同样也是草棘密布。顺着小道艰难行进，翻过土垣，便豁然开朗了，大片被翻耕抑或被撂荒的土地条块错落地展现眼前，巡望而去，仅见一位清瘦黝黑的老农在埋头耙地。我立于阡陌之上，转身北望，但见古人委土为堑的模样仍依稀可辨；秋阳之下，颓垣旧堑虽已被杂木乱艾所掩蔽，却仍能看出其东西两向断续延伸的身姿，矮处一至二米，高处应有二至三米。放眼望去，感觉城垣犹如蛟龙匍匐，蜿蜒二百余米，依稀还能呈现其往日的雄姿，我内心陡然滋生出某种深沉的历史沧桑感……

二

现在，我们已经感受不到此处曾经弥漫的战争气息，但是历史不会忘记这里曾是古代争战之地，曾是车马萧萧、刀光剑影的古战场！

史料记载，东晋咸和三年（公元328年），历阳太守苏峻与豫州刺史祖约作乱，邀大将桓宣参与，宣不愿同歹，欲南投镇守浔阳的温峤，遂屯兵于马头山（即今连塘城遗址）。祖约派遣其兄之子祖涣前来讨伐，桓宣求救于大将毛宝，得毛宝兵助，并大败祖涣于马头山。东晋义熙六年（公元410年），刘裕与卢循大战于马头山，卢循最终战败，而刘裕则在建康受禅，成为南朝宋的开国皇帝。又《望江县志》载，元末大富豪毕银率望、太二县民众拒贼护耕，在香茗山脚下筑土城，委土为堑，横直约二里，土墙高三至五米、宽二至四米，周长三里，城垣呈圆形，设有四门。东门外二里许建有望马楼，出南门外五公里许筑有关马城。

而今，斗转星移、时境变迁，望马楼、关马城已湮没迹消，但连塘城穿越五百年风风雨雨，依然伫立于茗山南麓，以其惯看秋月春风的神态，展示其粗粝沧桑的容颜和坚韧厚重的气质。此时，我不禁联想起清人张正庭当年专为其所题之诗：

宋武凭陵壮力争，连塘屯筑此偏城，
关门未锁环溪水，垒堑空围绕径榛。
茗岭神灯持照火，松涂鬼马影流兵，
白纶野老多情思，指向平原是故营。

三

现在，我沉迷于连塘城的秋色，行走于土城浅褐色疏松的旱地或者杂草枯黄的荒地，在追思其厚重历史的同时，也在仔细打量它现在的容貌。太阳已偏西，泛红的斜晖穿过连城土垣上茂密的虬枝野艾，零碎地洒在土城内已被翻耕或长满杂草的旱地上，显出斑驳杂乱的色彩来。恍惚中，我似乎感觉到，此时的连屯旧成,宛若一位疲惫老者,在秋叶飘零的暮秋时节,怀抱过往峥嵘岁月,酣然入睡了,温柔的秋风和哀艳的秋色轻抚它那不易醒来的旧梦……

是啊,浓重的秋意确已浸淫了这座古朴要塞——不单是暮秋时节苍凉寂寥的景色包裹了它,其肌体的生机也如遍生于土垣之上的草木,已进入隆冬前的果叶凋落的状态。

瞧吧,空旷的城内土地上,仅有一位老农在不紧不慢地耕作,土地呈现出的,皆是褪净绿色之后黄褐的容颜。放眼远眺,土城身后的那个村落,红瓦瓷墙、风格现代的鲜亮房屋拥簇在一起,早已丢掉了历史的厚重感,似乎也少了些许人气。往日水塘相连、村女聚集洗衣洗菜的景象已经不再,从高坡上望下去,似乎只有一口不规则的水塘寂然静卧,塘边无人也无树。两条气派的村村通水泥路穿连塘城而过,破开了北面的连城土垣,使得这道原本就已颓残的土垣更加支离破碎了。

站在有点萧疏寂静的土城里,望着那道不规整也不连贯的土城墙,我在发思古之幽情的同时,也生发了惜城之忧心:连塘城,这个千年古战场、数百年土城垣,还能抵挡得了自然风雨的侵袭和人类生产活动的损害吗?……

四

然而,无论怎样,连塘城都应当也定会存续下去,因为它的历史价值和人文价值都不可泯灭也不会泯灭,因为它毕竟伫立于一片文化厚土之上！

从多处历史考证看，连塘城所立之地就是望江原住民根之所在。连塘城方圆十多公里，散落着黄家堰遗址、戴家墩遗址等新石器时代晚期文化遗址，此外还散布着先锋寨、营盘岭寨、寨林庵石寨等古军事要塞。这些遗址和要塞，也包括连塘城自身，记载着一代代望江本土民众为生存为生活奋斗拼搏的勇敢动人的闪光篇章！

而今，这里的民众，以悠久历史文化为底蕴，已将这片土地打造成了中国民间文化艺术之乡。这片望江挑花的发源地、黄梅戏鼻祖蔡仲贤的故乡，自然懂得文化遗产保护和传承的意义。

日暮之时，望着那段段土城墙，我脑海中突然跳出汉长城颓垣断壁的沧桑画面来。在那荒凉的戈壁，汉长城的残垣断壁都已投入人力物力加以保护了，那么，眼前这道被誉为"南方长城"的连塘城，还依旧让它未加保护地任由风吹雨打和人为侵袭吗？不过，我转而又想，我的忧心也许是多余的。我相信连塘城的生命力是旺盛的，既然它裸露在自然环境及社会风雨之中已历五百年之久，那么，在重视文化建设的和平盛世里，更不会被损毁湮没。

不是吗？随行的当地镇党委分管负责人告诉我，镇里已将连塘城遗址修复保护提上了议事日程。

此时，我有意走近那位正在土城里耕地的老农，并与他攀谈起来。老农竟然很健谈，对连塘城的历史和此地发生的历史事件非常清楚。他是土生土长的连塘城村人，他带着豪情叙述着这个村、这座土城要塞的前世今生。有着这样对乡土挚爱的村民,连塘城所在的镇村是会很好地保护他们共同的历史文化遗产的!

秋,是万物进入休整季节的开始。秋虽已到连塘城,浓重的秋意已渗透这土城的每一寸泥土、每一丛草木和每一洼塘水,但这块厚土里有深厚文化蕴含作为养料,它会将秋意酿熟,交给光华初涨的季节!但愿秋冬之后,连塘城会迎来一个清新光鲜之春夏……

2016 年 10 月

市井中的麴公墓

　　街市一侧，重新建起的麴公墓肃穆静立，厚重的岩石背景庄严地衬托着具有深沉历史感的麴信陵半身铜质塑像。蓦然望去，恍惚间仿佛这位早已被望江先民神化了的古代邑令，真的穿过了一千多年历史时空，重又降临到当今已焕然一新的雷阳小城了。他的面容平和而安详，带着沧桑老者惯有的从容和淡定；不易察觉的笑意里，含有让人倍感温暖的慈祥。他从街市拥挤而高耸的楼群中扒开一个缺口，背靠岩石高地默默注视着面前这条人气蒸腾的商业步行街。虽然年代久远，他可能已经理不清面前这条街的演变历史了，但是这里依然散发着的具有古雷池独特气韵的味道，他可能还是能够感觉得到。而望江的普通民众，在路经这窄小一隅时，也能于不经意间感受到他的容颜所带来的温馨。因为望江人都知道，这位麴公，是望江民众千百年来一直尊崇的古贤古彦、好人好官！

尽管望江民众都崇敬这位唐代邑令，但确切地说，大家对其事迹的了解还是非常有限的。人们可能只知他的大概身世和对他的一些概念性的评价，此外便是民间流传的那个麹公屠龙的神话故事了。至于他施行仁政的具体事迹，恐怕无人能够详述。这似乎不能怪邑人无知，实在是史料、邑志上对他的记载太少！人们只是从清代邑志和《容斋随笔》等史籍中粗略了解到，这位麹公是唐代江苏吴县包山（今苏州洞庭山）人，德宗贞元元年的进士，贞元六年（公元790年）来望江任县令。乾隆三十三年县志对他有一句评价："有仁政，爱民如子，尤抚恤茕独。"之外则只记载了他"铁版丹书"《祈雨文》中那段感人至深的祷告："必也私欲之求，行于邑里，惨黩之政，施于黎元，令长之罪也。神得而诛之，岂可移于人以害其岁？"除此之外，我们则只能从一些诗人诗作中去寻觅一些零碎的吟诵他感人事迹的诗句了。最著名也最能说明问题的当推白居易的《秦中吟·立碑》，诗中有如下一段：

我闻望江县，麹令抚茕嫠。
在官有仁政，名不闻京师。
身殁欲归葬，百姓遮路歧。
攀辕不得归，留葬此江湄。
至今道其名，男女涕皆垂。
无人立碑碣，唯有邑人知。

从白居易诗句"在官有仁政,名不闻京师",我们可以推想到麴公当年为人为官的一些情形,同时也大抵能找到这么一个深受百姓爱戴的好官而史籍对其记载如此之少的原因。

我们的这位麴公,看来是一位务实低调的老实人,他不善于玩弄权术,不善于宣传自己,不做为自己歌功颂德、评功摆好之事;他"惟下不惟上",只要百姓答应、百姓满意、百姓拥护就行,至于上面知不知道他和他的政绩无所谓,他从不把个人荣誉和向上升迁放在心上。这样的行事风格,在那个等级森严、排挤倾轧,甚至不惜用金钱买功名的封建官场上肯定是"不吃香"的,"名不闻京师"也似乎是必然的。既然朝廷不知道他在望江任上的政绩,那么史册也就不可能对其有什么记载了。尽管在他死后十多年,因在朝廷任左拾遗的白居易赋诗为其鸣不平——一面是无良文人为了金钱替达官权贵歌功颂德,一面是受百姓爱戴的好官无人问津——朝廷最终敕封麴公墓为麴大夫墓,但在史册中依然找不到他的事迹,倒是其诗文被收入诸多文著。因此,后来的邑志也就无法引经据典加以详述,只能以概括性、抽象性的语言评价他。

但不管朝廷、史册对他如何,望江老百姓心中自有一杆秤。他们深知麴公为他们谋了什么、做了什么,打心眼里敬重、爱戴这位爱民如子的好官,早已将这位外乡人当作了真正的望江人。于是当他任满时,百姓自发群集遮道极力挽留,使得上司只得依循他们的意愿,留麴信陵续任;在他"身殁欲归葬"时,百姓又群集遮路恳请留丧,终至"攀辕不得归,留葬此江湄"。生时留

172

任,死后留丧,这是何等高规格的民心待遇啊!一个封建时代的官员能将官做到如此高之境界,让百姓"至今道其名,男女涕皆垂",是何等难能可贵啊!

不仅如此,望江民众为了让后世子孙永远记住这位好官,还调动全部智慧,创作了麴公九龙潭斩龙的神话故事,将心目中的麴公塑造成了一位不畏艰险、勇于献身的屠龙英雄!这个惊天地泣鬼神的故事经由一代代望江人口口相传,一直流传至今,从而使一位"名不闻京师"的芝麻官实现了惊人的神化蜕变!这样的做法,已不仅是对一个好官的敬意了,更是对一种伟大人格发自心神的礼赞和仰慕!虽然白居易在其诗中也表达了"无人立碑碣,唯有邑人知"的遗憾,然而诚如那句老话所云:金杯银杯,不如老百姓的口碑!因为唯有老百姓的口碑,才是永存不毁的……

一千多年了,九龙潭的故事还在流传,麴公的英名还在传颂。一千多年了,现今的望江人还在为新立被毁的麴公墓而煞费苦心……

是的,为重立麴公墓,望江政界及文化界的确颇费思量,主要是被"在何处重立麴公墓"这个问题困扰多时。在这个问题上,大致有两种意见:一种认为,应在原麴公墓旧址或附近重新立墓,也就是在现在改造后的小北门步行街边重立墓,以尊重历史,修旧如旧;而另一种意见认为,随着小北门街被整体开发成商业步行街和商品房住宅小区,在繁闹的商业街和居宅区立墓会带来诸如场地挤窄、街市喧闹、不够严肃、居民难接受等很多问题,不如在新城区选择更开阔、更好规划的新址重建。两种意见争论多年,迟迟没有定论,还曾一度导致争取来的项目资金因长期沉淀而遭遇风险。经反复权衡,最终还是选择了在原址重建的方案。

于是,重建的麴公墓在小北门步行街闹市区一侧立起了。小区的市民们对此并未表达什么异议,他们以平静的态度完全接纳了这个能够弘扬正气、教化子孙的历史遗产。

此外,麴公墓在街市边重新立起,竟然还产生了意想不到的良好效果:新立的麴公墓与市井氛围相互映照,恰与麴大夫精神相融不悖。此种安排,恰是对麴公精神的最佳阐释!

不是吗?麴公生前在任时,不就一直处在市井之中、民众之中吗?他从来就不想也没有脱离过民众,他始终乐于与百姓打成一片,唯如此,才能深切地关注百姓的喜怒哀乐,了解并设法解救民众的饥寒与痛苦。正因如此,他才得到民众的爱戴与敬慕。今天,虽早已时过境迁,但中华优良价值观是一脉相承的,并未改变;即便是今天重立麴公墓,也应让它离人民近些,再近些,而不应将它置于一片虽然清静、开阔,看上去优雅、优裕,实际上离市井民众很遥远、与民众隔膜的考究之地。因为,这是麴公所不愿的,也是有悖于重立麴公墓初衷的。

那么,还是让麴公默默地、安详地立于市井一隅吧,让他永远与所钟爱的百姓在一起。这样,不管日子怎样变更,他都能得到一份慰藉,都能有一种归宿感,总能看到日子的暖色。而民众们,也能随时地、很容易地看到他,永记他的名字和功绩,随时获得教育和感化……

这虽然不是刻意安排的，但这或许是最有意义的安排。

2016 年 12 月

鲍参军的精神血脉

一

二十世纪法国著名画家亨利·卢梭，曾以其清澄而雄浑的诗意画风，让名满天下的大画家毕加索因感触到他激越的"精神血脉"而给予赞许和褒扬。无独有偶，一千多年前的中国诗人鲍照鲍参军，以其峻健、雄浑、奇警、生峭之诗文才情，让其后名满天下的大诗人李白和杜甫感触到他俊逸豪放、卓尔不群的"精神血脉"而大加赞赏与推崇。

鲍参军的这股豪放激越的精神血脉不仅激荡在他悲壮的人生实践中，更激扬在他雄奇峻秀、才华横溢的诗文之中。那篇关于雷池的独树一帜、充满浪漫主义色彩的散文杰作《登大雷岸与妹书》，便是这股血脉强力跳动而激起的绝美浪花……

二

这诚然不是一封普通家书,的确是一篇可遇不可求的独一无二的散文杰作。之所以这么说,是因为这篇山水文学奇文是一位特定作者在特定时期遇到特定自然环境,经交融碰撞才有可能产生的,它是横空出世而非刻意策划的……

特定作者当然是指具有独特个性和旷世才华的鲍照鲍明远。鲍照"才秀人微"。出身寒微的他却胸怀壮志,从小勤攻文学,也很崇尚武略,想干一番大事。他长于乐府诗,其七言诗既能吸收民歌精华感情丰沛,又兼具浪漫色彩,对后来的大诗人李白影响颇大,杜甫曾以"白也诗无敌,飘然思不群。清新庾开府,俊逸鲍参军"来赞美李白诗歌的浪漫主义风格。鲍照一直不甘于自己地位卑微,想凭借才学于社会上层争得一席之地。然而他身处的南朝刘宋时代等级森严,他受尽歧视和排挤,仕途沉沦,抱负不得施展,只能将愁苦与怨愤发之于诗。其《拟行路难》系列组诗中,既有"对案不能食,拔剑击柱长叹息""酌酒以自宽,举杯断绝歌路难""自古圣贤尽贫贱,何况我辈孤且直"等表达怀才不遇的悲怨诗句,也有诸如"丈夫生世会几日,安能蹀躞垂羽翼""莫言草木委冬雪,会应苏息遇阳春"之类励志求远的"长图大念"。这的确是一个才高气傲、不满现实、奋勇抗争、命途不济的孤独灵魂,这个灵魂游走在一千五百多年前那个冰冷的社会,抗争命运、斗法世俗、寄情山水、泼墨人生。

特定时期是指鲍照迎来的一个重要的人生机遇期。这个机遇完全是他煞费苦心争取来的。在豪门士族压抑之下，他决定主动出击，向南朝宋武帝之侄、被称为"宗室之表"的临川王刘义庆献诗，以博得临川王赏识开辟仕路。《南史·宋临川烈武王道规传附鲍照传》中对此有精彩记载："照始尝谒义庆，未见知，欲贡诗言志，人止之曰：'卿位尚卑，不可轻忤大王。'照勃然曰：'千载上有英才异士沉没而不闻者，安可数载！大丈夫岂可遂蕴智能，使兰艾不辨，终日碌碌，与燕雀相随乎？'于是奏诗。义庆奇之，赐帛二十匹。寻为国侍郎。"这段记载足见鲍照的男儿血性，他既愤然抨击了门阀制度的不合理，又高调抒发了隐忍于胸的长图大念，这也是对其精神血脉的诠释。这回他运气不错，爱好文义的文人政治家刘义庆（《世说新语》编者）很赏识他的才华，不仅赐给他帛二十匹，还提拔他做了国侍郎。于是，年轻气盛却饱受压抑的鲍照面前，豁然洞开一片光辉前景，怎不令他踌躇满志、激情万丈呢！

特定自然环境是指鲍照在赴任途中遇到水天壮阔的雷池。南朝宋元嘉十六年（公元 439 年）盛春，刘义庆出镇江州（今江西九江）。同年秋日，鲍照从京城建康（今江苏南京）启程赴江州就职，在途中他登上了大雷岸，展现在他眼前的是宏大壮阔的大雷池，这方可挡千军万马的大水与周边奇峻起伏的山峦和滚滚流向天际的长江共同构成的宏伟的自然图景，强烈地震撼了一颗年方二十六的年轻心灵，同时也激发了他胸中寻求超越的万丈豪情以及他浪漫无羁的卓越才情。我们可以作这样的推想：登大雷岸之后，他心情久久不能平复，他想到了即将赴任的江州及旁边具有人文神韵的庐山，想到了自己像大雷岸一样旷阔的仕途前景，当然也想到了远方对他寄托了宏愿的妹妹鲍令晖及其他亲朋。第一次离家远行的他于是提笔想写一封家书，既为告慰远方亲人，也为通报自己的平安和思想状况。然而，当他写完第一段后，就再也按捺不住喷涌的激情和激荡的才情了，于是一发而不可收，顾不得书信体裁的限制和容量，尽情泼墨，一吐为快，一气呵成。于是，便有了这篇流传千古的杰作！

三

那么现在，让我们再来看看这篇《登大雷岸与妹书》吧。

每次读这篇散文，感觉就像在欣赏一幅印象派大师的油画作品，色彩炫目又凝重，想象丰富又灵逸。寄情山水，浪漫不羁，恣意联想，形神兼具，构成了它的特色。

山水寄托着他的情怀。文章的开头，在交代过离家远游，备尝旅途艰辛之后，在第二段他就向他的妹妹展示了他的思想。他说，这些天来他跋山涉水，观赏山川河流，心神遨游于清水中之小洲，放眼浏览刚降临的暮霭。东看来时之路，与家人已相隔五州之遥，西望前往之途，江州尚在九水分流之处。看脚下，是关山绝景，望天边，是飞渡孤云。看到如此壮阔的景象，他隐藏在胸中的宏图大志早就被激发起来了！接着，他分别从四个方向描写途中所见山川、平原和湖泽；他调动全部的想象，为山水景观都赋予了生命。就像他在人间打拼那样，南边千奇百态层层叠叠的山峦都在"负气争高"，它们争相吸引着阳光，随着时间的推移，峥嵘群峰交替逞雄称霸。这几句通过拟人化手法既生动描绘了重峦叠嶂在彩云霞霭间明灭莫测的景象，也暗喻了在人间拼搏的艰难。随后的四句则写出了崇山峻岭逸动的气势，它们昂首阔步，前后相连，犹如一道长陇，围天而转，横亘大地，不见尽头，尽显怒起争胜的威武之态。此处也映照了鲍照尽管面对歧视排挤也要坚持顽强奋争的人生态度。之后，写到平原与湖泽，又写到长江。在面对波涛汹涌的大江时，鲍照又生发了关于人事进退的悲凉感叹。因为刘义庆可以给他一时的赏赐和提携，却不能从根本上改变这个森严的门阀社会对他身世的固有态度，他的前景还是有太多的不确定性。"思尽波涛，悲满潭壑"正是这种担忧和悲愤心情的深沉表达；同时他借用"烟归八表，终为野尘"的自然景象，发泄了对世族豪门的愤懑和蔑视。至此，鲍照饱受压抑的痛楚与迷惘，不甘沉沦的抗争与拼搏，借着变幻无穷的自然山水，得到了形象化的表现。

　　浪漫释放了他的性情。怀才不遇又饱受压抑之人，必然会把心灵更宽广地放开，让其尽情驰骋乃至飞翔，这是鲍照的性情，也是李白的性情。鲍照在《登大雷岸与妹书》中便尽情释放了这种性情，使这封家书因富有浪漫主义特色而脱胎为一篇散文杰作。在他的笔下，山可以"负气争高""参差代雄"，也可以"凌跨长陇""带天有匝"；水鸟和游鱼可以在水波之中弱肉强食，追逐鼓噪；而湖泽中的"号噪惊聒，纷纫其中"，又与原野的

"旋风四起""静听无闻"形成强烈对比,生动地表现大自然的丰富多样!他手中之笔好像是一台可以变焦的摄影机,长江风光和大雷岸的水天景象可以是千里长轴的一个宏阔远景,也可把镜头慢慢拉近或四向转换,还可以为"栖波之鸟"和"水化之虫"来个特写。最生动的还是文后那段对水的描写,极尽神奇想象之能事。他一口气写了四种形态的水:细流汇成大川,溪水汩汩喷射,疾风鼓浪相撞,江水汹涌激荡,四水奔腾向前,锐不可当,流域甚广,如果削长补短接在一起可达方圆百里!流水在他笔下都可以剪裁拼接,想象多么奇谲!之后描写咆哮的巨浪,其笔势更为峻峭,"腾波触天,高浪灌日,吞吐百川,写泄万壑",一幅幅奇险画面惊现眼前,何其壮观!接下来他似乎加快了拍摄的节奏,两句一景将浪涛变化莫测的状态和魔力写得惊心动魄:洪水的波浪拍倒了岸边的细草,向田垄冲去;波浪惊起又突然崩散,飞溅的浪花犹如快箭和闪电;巨浪接连翻滚忽聚忽散,能把河岸冲走,可让山岭倾覆;撞退的水沫覆盖了山顶,奔涌的波涛洗空了山谷;巨浪呼啸而来,把坚硬的山石和弯曲的河岸都击得粉碎!鲍照层层推进,在把惊涛骇浪写到极致的同时,似乎也将他胸中澎湃的激情同时带出,他将自己豪放不拘、奋争不屈、屡挫不馁的性情和气质通过对水浪的描写完全释放了出来。

畅想融入了他的幻想。这篇杰作的浪漫主义色彩,是通过鲍照独特丰富的生动联想和恣意畅想而凝成的。他可以不拘泥于山川景物的准确方位,凭借丰富奇特的想象打破时空,描绘出更为壮阔的长江风光图;不论是不是真的望见,他站在大雷岸上,就能手握彩笔淡妆浓抹描绘出庐山的宏丽图景。我没有认真考证过，站在我们的大雷岸上能否直接看到庐山，或者在什么样的天气条件下能直接望见一百六十公里外的庐山，但是可以肯定的是，即便能望见，也一定是隐约的、轮廓式的、不清晰的，而绝非鲍照在此文中描写的那样具象、清晰。也就是说，此文中的美景庐山，其实是他内心畅想的庐山，融入了他美好的幻想。庐山处在他即将就职的江州地区，那里寄托了年轻的鲍照未来的希望，他立于水天宏阔、波涛涌动的大雷岸上，带着无比的激情眺望庐山，其实也是眺望他的未来！他将脑中的幻觉全都诉诸文字。在他笔下，庐山是神圣而又多彩的，山基压镇江湖，山峰连着天河；山上时常堆积鲜艳秾丽的云霞，山体的色彩随时间推移而不断变化；晚霞的光亮和色彩或是火红色的，或是深红色的，左右的青云被红霞映染衍化成多层次的紫霄；而当暮色笼罩，峰顶只剩最后一缕金光时，在半山以下，则都是纯粹的黛色。于是，在他心目中，这座非凡之山便完全浸没在绚丽的色彩之中了！最后他以为，这一座雄武奇丽之山"信可以神居帝郊，镇控湘汉者也"。

四

由此可以看出，鲍照的《登大雷岸与妹书》是一篇感情激越奔放、气势峻健惊挺、想象奇崛独特、文辞浓墨重彩、表达酣畅淋漓的山水文学杰作；作者调用多种艺术表现手法和修辞手法来打造这件艺术精品，并在一股精神血脉支撑下酣畅泼墨，恣意挥洒，一气呵成，让这件艺术品达到了极高的审美境界。请注意，它是一件艺术品，而不是一篇史料；虽然现今许多雷池文化研究文章常引用其中的段落或语句以佐证其论点，但要言明的是，该文中远眺四方所述的山川、湖泽、平原等的方位并非确切的地理位置，那些崇山峻岭以及惊涛骇浪的组合也并非一地之景，作者无意作一篇具体的大雷岸考察文章，而是借用大雷岸壮阔景象，综合沿途所见景观，来抒发胸中大志和心中感慨。但大雷岸壮观的景象却是真实存在的；所以，这是一幅绝妙的写意画作，或是一幅印象派大师浓彩的油画。

这同时也是一篇气质独特、个性鲜明的散文作品，其个性来自作者独特的精神血脉，而这股血脉的形成，则源自他抗争社会、顽强奋斗、不懈追求中形成的思想情怀，他的悲剧经历与他的卓越才华相伴相生，推动了这股血脉的养成。

然而，他的精神血脉却没有改变他悲剧的命运，他最后一次出任了临海王刘子顼的参军，因此别人又称他为鲍参军。然而正因为担任这个职务，在刘子顼谋反不成被赐死时，他也在荆州死于乱军之中。

但是，他的精神血脉铸就的诗文是永生的，他的《登大雷岸与妹书》是不朽的！古雷池也因此而永生！因此，雷池故地的人们应该感谢他，并永远记住这个怀才不遇的孤傲的灵魂！

2013 年 5 月

水乡泽国

望江自古以来就是水乡泽国,南朝文学家鲍照的千古名篇《登大雷岸与妹书》便记载了浩瀚的古雷池壮阔的景象。水不仅是生命之源、是人类赖以生存发展的先决条件,同时也是文化之源,纵观世界文化源流,流淌在非洲大地上的尼罗河孕育了灿烂的古埃及文明;地中海孕育了古希腊、古罗马文明;流淌在东方古国的黄河与长江则滋养了深厚的中原文化和绚烂的楚文化,孕育了灿烂的中华文明。同样,壮阔的古雷池营造的水乡泽国也孕育并培养了底蕴深厚的雷池文化,它是博大精深的中华文化的组成部分,也是水文化呈现形式之一。

俗语说:一方水土养一方人。作为生活在水乡泽国的人们,水乡文化的特质一直流淌在望江人的血脉里;这一文化养成了望江人的秉性特征,这一文化决定了望江人的生活方式,这一文化成为望江人为人的根本。

水乡泽国给予望江人以生存的智慧，孔子曰："智者乐水。"水乡的人们因"乐水"而具有水之灵性：沉隐地下则安然静蓄、含而不露，迸涌而上则快乐为泉、生动活泼，势单力薄则执着探路、谋寻融合，多路汇聚则成浃浃大势、展示胸怀。境遇不同则灵活应变、各展风采：经过沙土时欢快地渗流，撞上岩石时浪漫地飞溅，遇到断崖时勇敢地垂瀑，遭遇山阻时机智地绕行。温度超高时，沸腾飘散；气温过低时，凝固抗寒；升至高空时，潇洒成云；四季转换时，以不同方式滋润大地……水之灵性使水乡雷池人杰地灵，人才辈出，先贤名士各领风骚，最终超越时空，汇成源远流长的文化脉络和精神导向。

水乡泽国给予望江人以做人的仁义，老子曰："上善若水。"水代表了德。水不分贵贱滋润万物，水忍辱负重托举舟船，水川流不息改善环境，水潜涌流变去污生能，水利万象万物不顾自身。生于水乡的望江人习于水、融于水，像水那样不断流动、永不停息、及时奋斗；秉承孔孟思想，以"尚水之动"为轴，流贯其中，呈现"日进不懈、自强不息"的奋进模式；人们受水的恩泽、水的启示更能懂得仁爱孝义，自觉自然地加强道德修养，行善聚义。难怪望江有那么多感天动地的孝道故事；难怪古雷池大地上产生过那么多守诚忠信的典故。

水乡泽国给予望江人以包容的胸襟，禅语曰："善心如水。"水从不怨天尤人，不求环境适应自己，而善使自己适应环境；只怀一颗善心平常心，善待一切，灵活善变，聚力而为。点滴雨水可汇成细流，涓涓细流可汇成江河，滔滔江河可汇成海洋，最终呈现广阔胸怀和恢宏气势；这便是积多方小能可成大势、聚点滴小善而成大义的道理。水乡的人们在长期与大自然的交往中领悟了水之善心、水之秉性，久而久之潜移默化间也具有了水一样博大包容的胸襟，他们包容接纳外来的移民和文化，与九省十三县的移民一起勤劳奋进，患难与共，开发利用大雷岸，成就了大雷岸的富庶繁荣。

水乡泽国给予望江人以自强的勇气，道家曰："攻坚者莫胜于水。"水，柔中有刚，刚柔一体；看似柔软，实则暗含克刚的韧性之力。滴水可以穿石，久磨可使石圆；这是一种执着于目标，心无旁骛、自强不息的精神。生于水乡的历朝历代的望江人学习了水的这种精神，他们为创造自己的幸福生活，从未畏难退缩，而是锲而不舍地学习自然、改造自然：新中国成立之初，围湖造田，在野水荒滩上筑起九个万亩大粮仓；大水之年，抗洪抢险，涌现出抗洪钢铁战士吴良珠、抗洪英雄吴勇祥等全国全省标兵和大量感天动地的事迹；每年冬春，兴修水利，在古雷池大地上构建起一流的水利设施体系，让水不再危害水乡而是为水乡人民造福；改革开放，开拓勇进，建起穿越武昌湖的安九公路，使望江至安庆三个多小时的车程缩至一个小时；近年又大胆设想，建成首座坐落于县域的长江大桥！这些无不展示了望江人自力更生、奋发图强的意志品质。与此同时，在对水的认知和治水利用过程中，也形成了具有雷池文化特色的水文化：古雷池水利风景区已成为安徽省第二批省级水利风景区，并在积极申报国家级水利风景区；景区以望江历史文化为特色，集水利功能、生态功能、休闲度假、游览观景、水上游乐、特色农业、文化传播、科普宣教为一体，充分涵盖了人与自然和谐相处的现代水利科学内涵，是具有区域自然特色和地方文化特色的综合型水利风景区。景区的形成并命名，对于保护水生态环境，弘扬雷池故地水文化，推进旅游事业发展和生态文明建设，都具有积极的意义。

2015年11月